乡土·系列

乡土·系列

梦里不知故乡遥

沈出云 ——

著

哈尔滨出版社
HARBIN PUBLISHING HOUSE

图书在版编目（CIP）数据

梦里不知故乡遥 / 沈出云著 . — 哈尔滨：哈尔滨
出版社，2021.8
ISBN 978-7-5484-6096-1

Ⅰ.①梦… Ⅱ.①沈… Ⅲ.①散文集－中国－当代
Ⅳ.① I267

中国版本图书馆 CIP 数据核字（2021）第 113640 号

书　　　名：梦里不知故乡遥
　　　　　　MENGLI BUZHI GUXIANG YAO
- -
作　　　者：沈出云　著
责任编辑：赵宏佳　孙　迪
责任审校：李　战
特约编辑：翟玉梅
装帧设计：秦　强
- -
出版发行：哈尔滨出版社（Harbin Publishing House）
社　　址：哈尔滨市香坊区泰山路 82-9 号　　邮编：150090
经　　销：全国新华书店
印　　刷：三河市元兴印务有限公司
网　　址：www.hrbcbs.com　www.mifengniao.com
E-mail：hrbcbs@yeah.net
编辑版权热线：（0451）87900271　87900272
销售热线：（0451）87900202　87900203
- -
开　　本：880mm×1230mm　1/32　印张：7.25　字数：193 千字
版　　次：2021 年 8 月第 1 版
印　　次：2021 年 8 月第 1 次印刷
书　　号：ISBN 978-7-5484-6096-1
定　　价：59.80 元
- -
凡购本社图书发现印装错误，请与本社印制部联系调换。
服务热线：（0451）87900278

目　录

割草的日子

当我发现那个陌生的男人向我们飞奔而来时，我见头顶的天倾斜了，好端端的太阳变成了落日，就像学校的儿童图画本上随意涂抹的方形的红红的夕阳。我又看见了那个熟悉的梦，自己经过一座窄窄的木桥，祈祷着千万别掉下去，可走到桥的中央时，一失足就急剧地下落。河水很深，仿佛无底的深渊，我就这样一直迅速地往下掉。许多年之后，当我看到科幻片中有飞船进入时间隧道，在时间隧道中火速穿行时，我一下子明白了那梦中不断往下掉的自己，就和那进入时间隧道的飞船一样。只是，飞船中的乘客有明确的目的地，心中充满自豪和自信；而我不知道将掉向何处，要往下掉多长时间，心中充满的是恐惧和绝望。

那个陌生的男人长得啥模样，有多大年纪，直到今天我还弄不明白。我只记得，自己拔腿而逃，带着满满的一大篮嫩绿的青草——草中零星地点缀着金黄的油菜花花瓣——那是在油菜田中割草的有力证据。带着惊惧和恐慌，我就像一只被猎人和猎狗追赶的野兔，拿出看家本领拼命地奔跑，奔跑……身旁一大片一大片盛开的油菜花，仿佛是大地着了火，熊熊的火焰在风中蹿起几尺高。风不停地刮着，火舌翻卷着，一浪一浪地向前，沟也阻不断，河也隔不开。我躲开了一条火舌，又马上被另一条火舌包围。我气喘吁吁，汗流浃背，感觉口干舌燥，心跳加速，呼吸越来越困难。那篮青草，我始终牢牢地拎着——那是我冒险的全部意义，那是我的生命——拎着，却越来越沉重，仿佛那篮里装着的不再是草，而是铁块。

那是很久以前的事了。那时，田野里没有长长的青草，桑树地里，小河边，渠道上，田埂上，到处都是光秃秃的，不长一根草。不是不长草，是被村里的大人和小孩割完了。这是一幅怎样悲壮苍凉的历史画面啊！许许多多的人，大人孩子，男人女人，每人手里一把镰刀，一只竹篮（或草筐），蹲在地上，焦急而又耐心地割草。

那是草们最值钱、最金贵的时候——割草喂羊，用羊粪给生产队当肥料，换来工分，而工分的多少是决定年底生产队分红多少的直接依据；那也是草们最遭践踏、最受无情摧残的时代——刚长出一点点嫩绿的头，眼睛还没睁开，还没看见这世界是啥模样，就被磨得锋利的镰刀连根割去。"野火烧不尽，春风吹又生。"生命力极强的草，在具有愚公移山精神的村人面前，不得不低下了头。它们不得不长久地待在地底下，养精蓄锐，等待另一场春风的刮起。

那个星期天的下午，我和我哥哥照例有割几篮羊草的任务。父母们常拿这样的话来吓唬我们小孩："没割完草不许白相（玩的意思），如果谁完不成任务，让羊饿着，晚上就把谁用绳绑在羊棚栅栏上，让羊舔一夜。"别说大人的生活里才有痛苦和恐惧，小孩的日子里也有痛苦和恐惧。幼小的心灵，产生的痛苦和恐惧往往更甚，因为他们还没学会发泄和排遣。我和哥哥，还有另外一个小孩，三个人在光秃秃的田野上奔跑了几个来回，从东跑到西，从西跑到东，篮里只有几根短短的老茅草根。

此时，油菜田里的青草长长的，嫩嫩的，而且到处都是。它们受到特殊的保护——生产队派人看护着，怕因割草而摇落油菜花使油菜减产——就像今日人们习惯了保护国家一级保护动物大熊猫一样。谁要是在炎炎的夏日，没渴望过喝一杯冰冻汽水，谁就不会理解当时我们三个孩子对油菜田中的青草的渴慕有多强烈。渴望，是推动人做一切事的最好动力。不管这是好事，还是坏事。长长的嫩嫩的青草的诱惑，是横亘在三个孩子心上的一道长城：去割还是不割？（去偷还是不偷？）这和哈姆雷特有名的"是生还是死？"的抉择一样，具有人类普遍的成长上的意义，是人类终极关怀的发问和选择。

我们三个孩子，在油菜田边徘徊了许久，在艰难的选择中煎熬了几个时辰。观察了再观察，留意了再留意，当确信周围没任何大人时，便一个猛子扎进了油菜田中。我听见青草割断的声音，听见油菜花花瓣掉落的声音，听见青蛙在远处的叫声，唯独没听到正在向我们走来的大人的脚步声。哥哥和另外一个孩子逃得快，逃走了。我像被老鹰捉住的小鸡似的给一双粗大的手从地上拎向空中。我使劲地挣扎着，反抗着，可这一切都是徒劳。我的手中仍紧紧地抓着装得满满的竹篮，就像一个溺水者见到了一根救命稻草一样死死地抓着不放。

也许是恐惧、无助和绝望，使我的记忆发生了扭曲变形。记忆中，我就一个人孤零零地面对那个庞然大物似的大人。可许多年后，哥哥告诉我，那天他本可以逃走，但为了救我，结果兄弟俩都被抓住了。为什么我和我哥哥对同一件亲身经历过的事的记忆会迥然相异？究竟谁的记忆更接近于客观真实？是哥哥的记忆作假，还是我的记忆作假？我陷入了迷惘之中，犹如走入了秋天早晨浓浓的大雾中的乡间小径，前不见村后不见店，四周除了朦胧的雾还是朦胧的雾，雾无边无际，我的视力永远无法穿透它。

许多年以后的今天，我还没能弄清楚那天看草的大人抓住的偷草的小孩是一个还是两个，我也不想弄清楚这个问题。对于今天的人们来说，这又有何意义呢？

这些割草的日子，已成了我遥远的记忆。对于遥远的东西，我们总是无法真正看清读懂的。这就是历史的永恒遗憾。事件就像河流一样，一旦发生，就马上流过去了，成为远方的东西，成为遥远的记忆，而历史就是由这样一连串的遥远的记忆构成。当我把割草的日子讲给我的学生或下一代听的时候，他们总是睁着一双疑惑的眼，我明显地读到了他们不信的目光。面对田野里、桑树地里、河岸边、渠道上到处都旺长着的长长的青草，他们已经很难想象不长一根草只是光秃秃一片的景象。短短的几十年，田间的草，由荣而枯，由枯而荣，发生了翻天覆地的大变化。他们已不养羊，即使养羊也已不明白工分是什么，生产队是什么。

不是他们不明白啊，只是这世界变化太快了。不是所谓的代沟太深太阔啊，只是一代人总有属于一代人的记忆，一代人总有属于一代人的历史，谁也无法躲避和跨越。我们能跨越能超越的是自己，是自己的生命体验，而不能跨越和超越属于自己的历史阶段！我们人人渴望的沟通，就是尽可能真实地说出自己的生命体验。这是一切文学艺术的根。一切文学艺术，就是说出自己独特的生命体验，而不人云亦云。

"当我远离那些日子，再无法回去，那里的一切都成了实实在在不能更改的经历。"对我来说，那些割草的日子，已成了我"实实在在不能更改的经历"，已成为我生命的一部分，虽然这有可能与历史意义上的真实经历有所出入。

春风又一次和煦地吹起，油菜花又一次大片大片金黄地盛开，燕子又从南方飞回在梁旁屋檐下呢喃，水中的青蛙又一次从冬眠中苏醒，"呱呱呱"地唱起了春的颂歌。我又见到田野里的青草一个劲地疯长，我又听到了它们生长时发出的细微的窸窣声。此时，田野中看不到一个割草的人。村人们都忙着织绸、养青虾、做童装、开店……不管老人还是孩子，不管男人还是女人，他们似乎都已忘了曾经有过的割草的日子。但我深信，一定有谁会像我一样，深深地记住了那段时光，比如村庄，比如屋后的老槐树，比如小河边一块长满青苔的条石，还有袅袅升起的黄昏里的炊烟……是的，记忆不该被遗忘，更不该被篡改和阉割！

倾听鸟声

有一阵子，每天清晨，我起床去河边洗脸时，总能听到河边一棵高大的榆树上一只喜鹊的叫声。"恰——恰恰"，喜鹊的叫声清脆响亮，给人的感觉十分亲切。那时，我正是欲找对象的年龄，母亲不时地在我耳旁唠叨：已经二十几岁，年纪也不小了，可以找对象了。"喜鹊叫，客人到。"乡下农村，有这样的一句俗谚。听到喜鹊的叫声，被认为是一种吉祥和喜庆。由此，每天清晨在河边洗脸的时光，就成了我浮想联翩，想入非非的时候。我想：说不定这喜鹊的叫声，真的会给我带来喜事的，说不定今天我就会碰上一个我爱并且也爱我的漂亮姑娘！

可是，这样的好事并没成为现实。许多次充满希望的快乐，许多次经历失望的痛苦，让我终于明白：喜鹊的叫声和枝头常见的麻雀的叫声一样，并不能给你带来任何好运。相信鹊鸣声会带来好运，只是传统习俗给你带来的心理暗示罢了。鹊鸣声依旧，我的幻想却日渐减少。我最初的激动、惊喜和兴奋，终于被无动于衷、熟视无睹的麻木所替代。鹊鸣声，就像一阵风，刮过我焦渴的青春原野，卷起几粒微尘，吹落几片枯叶后，一切又恢复往日的宁静。宁静后，何处觅风的踪迹？青春逝去后，何处寻青春的身影？

那是一个春天。寝室的窗外是一棵度过了三十几个春秋的老榆树——那是父亲年轻时种下的。一天清晨，我刚从睡梦中醒来，睁开惺忪的双眼，见屋外还是一片灰暗。榆树的枝条影影绰绰，不甚明了。忽然，传来一声婉转优美的鸟鸣声，就像一位女歌手在晨光中练着自己的嗓子。"叽啾叽啾叽——啾""叽——叽——叽——啾""叽——

叽叽——叽——叽啾"，鸟儿的鸣声不但有声音的高低，还有节奏的快慢，旋律确实达到抑扬顿挫、婉转动人之极致。

我的睡意全消，便凝神谛听：这是一场免费的音乐会，舞台是凌晨的老榆树，高而远的天，还有破旧的老羊棚屋和墙边的一堆土窑砖。观众只有我一人，一个地地道道的农民的儿子。鸟鸣声忽高忽低，忽急忽缓，忽连忽断，有时如泉水叮咚，有时如溪水哗哗，有时如蜜蜂嗡嗡，有时如群燕绕梁，有时如油菜花金黄的盛开，有时如婴儿吮乳的甜蜜，有时又如漫天飞雪，遮蔽了千山万水……以后每天早晨，醒来总能欣赏到窗外老榆树上传来的鸟的乐声，更多的时候，我还未醒，它已经在唱了。整整一个春天，我都在鸟声中醒来，在诗意和音乐中醒来。我陶醉在生之美好中，尽享人生的福乐！

每当我听到这甜美、优雅的晨之歌时，就会情不自禁地想象着这只鸟的漂亮妩媚：它有孔雀的艳丽羽毛，有雄鹰的矫健身姿，有鹦鹉的动人嗓子，有凤凰的高贵绅士风度！但我一直未能见到这只鸟，我为自己无缘与之一见而深深地遗憾着。一天黄昏时，夕阳的余晖照在屋后的老榆树上，茂密的枝叶中，又传来了鸟优美的乐声。我悄悄地靠近树，目光迅速地在枝叶间穿梭。"叽——"随着一声惊叫，一只浑身黑色的大鸟从头顶一掠而过。乐声戛然而止。我有点不敢相信：这么动听这么摄人心魂的美妙歌声，就是这么一只普通的鸟唱出的吗？当我确定，这棵树上只有这一只鸟而再无其他的鸟时，我的心中便有一种失落感：我像被谁骗了一次似的，有一种上当的感觉。是谁骗了我？是这只鸟骗了我吗？还是自己骗了自己？这只外表看起来像乌鸦一样的鸟，我叫不出名字的丑陋的鸟，确实有一副好嗓子，为我免费地举行了无数次音乐专场演出，我整个春天的快乐都是它带来的，我还不知足吗？我凭什么苛刻地要求，一副好嗓子必须配一副好身材呢？

　　一年深秋初冬的夜晚。我在床上夜读至深夜,去屋外小便准备睡觉,突然听见几声低沉的"呱——呱——"的夜鸟的叫声。天空挂着一轮弯弯的眉月和几颗摇摇欲坠的星星,小村在寒风中沉沉睡去,大地一片漆黑。四周寂静之极,此时,几声夜鸟的鸣叫,听来更显凄清、寂寥。那叫声,颇似电视中每当主人公即将有凶险灾难时镜头中出现的乌鸦的苦叫,令人毛骨悚然。我不禁打了一个寒战,全身的毛发都竖立起来。这一刻,我无缘由地想到了死,想到了疾病,想到了痛苦,想到了人类历史上无数的悲壮故事和可歌可泣的失败的英雄。

　　"呱——呱——"以后的许多天深夜,我总能听到这只夜鸟似怨似泣的低低的鸣叫声。我不知道,在这村上,除了我还有谁在深夜也听到了那只夜鸟的叫声。问了许多人,他们都说从没听到过这样的鸟叫声。并说,像这样乌鸦的叫声,谁听到谁就会有倒霉事。有没有倒霉事,我不担心,因为我知道:这和喜鹊的叫声一样,既不会带来喜也不会带来悲,人们之所以会有这样的联想,完全是受传统习俗的影响,是一种迷信。

　　我担心的是:那几夜,我真的听到了那样的鸟叫声吗?如果这世上,只有我一人说听到了,而其他所有的人都说没听到,这鸟叫声能存在吗?能让别人相信它的存在吗?一个人说,他看到一只老鼠大如牛,人们不会相信有这样大的老鼠存在;两个人说,有一只老鼠大如牛,人们就会将信将疑,不能确定这样大的老鼠究竟存不存在;当有三个人同时声称,有一只老鼠大如牛时,人们就会心悦诚服地相信,那是真理,一定有大如牛的老鼠存在!如果我们的科学,我们的理智,我们的常识,我们的文化建立在这样的逻辑推断上,能不产生错误吗?

　　许多年过去了。春夏秋冬之后,又是春夏秋冬。日出之后是日落,日落之后又是日出。

　　我早已走过火热的青春。我的青春，远远地落在身后，只剩下一个极细极小的黑点，看不清它穿着啥衣服，看不清它的眼和鼻。青春的足迹已经模糊不清，青春的面目已经朦朦胧胧。可那只喜鹊的叫声，那只夜鸟的叫声，依然清晰地留存在我的记忆中，穿越一年又一年的时空，来到我的耳边，鲜活如昨。

　　生命是什么？生命就是一连串的记忆。那么，那些鸟声，也就是一段有血有肉活生生的生命了。倾听鸟声，就是在倾听生命，倾听生命的歌唱！那些鸟声，在我的青春时光响起，就像冰雪融化融入泥土一样，鸟声早已融入了我的青春。倾听鸟声，就是倾听青春，倾听青春的歌唱！

我做的事

年轻的时候，我以为自己能做许多事。三十多年过去了，我在谭家湾究竟做了些什么事呢？

有很长一段时间，我天天趴在地上看蚂蚁。地上的蚂蚁有两种，一种是黑蚂蚁，一种是黄蚂蚁。黑蚂蚁的个儿稍大，黄蚂蚁的个儿很小，如不仔细看，看不到它们在爬动。我经常看到的，是那种黑蚂蚁，头很大，身子黑黢黢的，爬起来很慢。我吃饭前，见它在一根枯树枝的北面爬，等我吃过饭再去看，它才刚刚爬过那根细树枝。对蚂蚁来说，我显然是个庞然大物。可我不知道，蚂蚁的眼中，我究竟是啥模样。我不知道，它整天这样忙忙碌碌，马不停蹄地在一个老地方爬来爬去，是怎样想的。每天都重复着前一天的路，重复着前一天干的事，它不觉得厌烦吗？有没有一只蚂蚁在某一天的某一时刻，会忽然发现自己的真实处境——就像我现在看到它一样——一天到晚为寻几粒粮食而奔波劳累？有没有一只蚂蚁，会因发现了自己的真实处境而停止奔劳呢？

我想给蚂蚁一点阻碍。我用食指挡住一只蚂蚁的去路，或用一块大石头摆放在它回家的路上。这样做，对我来说，只是举手之劳，不会花掉我多少力气。可对一只蚂蚁来说，无疑是翻天覆地的大变化。蚂蚁爬到我的食指边，碰了碰，立即回头。"噫，怎么走熟的路今天会走错了，自己怎么这样不小心的。赶快掉头，找到那条旧路。"蚂蚁往回爬了半拃远的路，大概是确认了自己确实走在旧路上，没走错路，便又回头往前赶。蚂蚁爬到我的食指边，轻轻地碰了碰，又马上离开。"怎么？又走错了？不可能，我明明是走在老路上嘛！"这回，蚂蚁没有往回爬那么远，只后退一点点，在地上左右转了几圈。"没错，是老路，怎么这路上会多这样一座大山的？昨天还没有呀，从哪儿飞来的？"蚂蚁又爬到我的食指边，这回，不再撤退，而是努力地想爬上我的手指。"怎么这么光滑，这么陡呀，真麻烦！哎哟，不好……"蚂蚁爬到一半，摔了个跟头，掉到地上去了。小不点不灰心，站起来又继续它的爬坡。虽然摔了几跤，后来，它还是爬上了我的手指。我就在它快要翻过我手指时，提起了手。"这是怎么回事呀？我怎么感觉不到大地的气息了呢？这座山不是又要飞了吧？呜——急死人了！"蚂蚁犹如爬上了热锅，急得在我的手指上团团转。蚂蚁越急，我越开心。我情不自禁地开怀大笑起来。

那时，我为自己做这样的恶作剧，感到很愉快。我并没意识到，自己的快乐是建立在蚂蚁的痛苦之上的。我没有想到，因了我的举动，而改变了一只蚂蚁一天的命运。它可能因在路上耽误了时间，而错过了找到一粒饭的机会；也可能因此而受到其他蚂蚁的嘲笑甚至攻击，因为它没完成找到粮食的任务；也可能因此而晚点回家，结果错过了与大伙共进晚餐，只能单独地吃一点残羹剩饭；它可能正因我耽误的一点时间，而让它之后被一只路过的鸭子踩死了；也可能因此没来得及回家，在半路上让大雨给冲走了。是的，我们在快乐的时候，有谁会想到一只蚂蚁的痛苦和焦虑呢？蚂蚁的生命，太卑微太渺小了，引不起人们的注意。是不是我们的快乐，都有可能是建立在别的动物或别人的痛苦之上？只是我们，也像忽视蚂蚁一样忽视了他们的存在？

当我这样想的时候，一只蚂蚁甚至一群蚂蚁的命运已经被我悄悄地改变了。

一个初春的日子，我从我工作的地方剪来几根还未发芽的月季花枝和芙蓉枝。傍晚时分，我把月季花枝扦插进屋前庭院中水泥路的两旁，把芙蓉枝扦插进屋后的空地上。当年,我的庭院中就盛开了粉红的月季花,一大朵一大朵,像盛开的一大片红霞。屋后的芙蓉花,在秋天也绽放了,先是雪白的,而后变成粉红,煞是好看。第二年,花开得更多,烂漫一大片,充满了勃勃生机。我的随意举动,就美化了我家门前屋后的环境,为此我很得意。

当我把这几根树枝刚剪下时,这几根树枝是何感受?是怎样想的?是否以为一辈子就完了,生命就结束了呢?当我把它们扦插进泥里时,它们又是何感受?又会是怎样想的?脚下的土地是陌生的,头顶的天空是陌生的,周围的空气也是陌生的,它们带着新受的创伤,在默默地凝聚着生命力,与死神作着殊死的搏斗。这悲壮的搏斗厮杀场面,有人曾留意注视过吗?有的壮烈牺牲了,留下一截枯萎了的枝干;有的顽强地活了下来,向我向周围的一切展示着它们辉煌的胜利——灿烂的艳丽花朵。那些幸存下来的,它们曾幻想过将来会拥有这么美好、美丽的一天吗?活着,总是不易;活着,已是幸运。每一种活着,每时每刻都在与死神进行着残酷的战争。

> *每一棵树的活着,都是真理地活着。*
> *每一根草的活着,都是和平地活着。*
> *每一朵花的活着,都是美丽地活着。*

又是一个金黄的沉甸甸的秋。我和哥哥在自家的稻田里弯着腰弓着背,一把一把地割着稻。头顶,是"十月小阳春"特有的炙热太阳,直烤得人汗流浃背。只一会儿功夫,两人就腰酸背疼,眼冒金星,躺在刚割下的稻秆上,直喘粗气。

头枕着大地,眼望着蓝天,耳听着各种秋天的虫鸣。哥哥,你就是在这辛苦劳动中，产生了想走出村庄，去看看外面的世界的愿望的吗？哥哥，你就是在这艰辛的劳动中，下定了无论如何要想办法离开土地，到城市中去生活的决心的吗？我不知道哥哥是怎样想的，但他以后的行动却是照着这去做的。

我不否认，在拔秧、种田、割稻、打稻、挑谷、挑柴的时候，我总是真切地感到劳动的辛酸。每个人都在赞美劳动，歌颂劳动，可无一例外地，他们都在远离原始意义上的劳动，都在远远地赞美，远远地歌颂！农村的劳动，是最接近自然的劳动；农村的劳动，是最纯朴本真的劳动！哥哥走出村庄后，不再回来；军妹走出村庄后，也不再回来；一个个同龄人，都陆陆续续地走出村庄了，他们都没再回来，他们都去远方寻找属于他们的梦。只有我，还留在村子里，独守着一村的寂寞和辛酸，独守着村庄千百年来一直做着的梦。

"嗡——"的一声，一只蜜蜂从我的耳边飞向前去了。此时，夕阳的余晖正照在老屋的墙上，墙周围许多黑色的小点在上下左右飞动，那是忙了一天的蜜蜂在寻找过夜的地方。

我拿着玻璃瓶，慢慢地靠近墙，嘴里哼着一首不知几时传唱开来的儿歌：上面有蛇的，下面有肉的，蜜蜂快点钻到墙眼洞里去。我希望，借着歌的魔力，让更多的蜜蜂钻到墙下面的洞里去。那时，我人太矮，无法捉到钻在高处墙洞里的蜜蜂。我稚嫩的歌声，混杂在一大片蜜蜂的嗡嗡声里，显得单薄无力。也许是蜜蜂听不懂我的歌声，也许是蜜蜂不怕蛇，不喜欢吃肉——那时，我们怕蛇，喜欢吃肉，便也天真地以为蜜蜂也怕蛇也见了肉嘴馋——蜜蜂并不买我的账，任我一个劲地哼唱，就是往高处墙洞里钻。偶尔钻进低处墙洞的蜜蜂，便只能在我的玻璃瓶中飞舞了。

那时候，我熟悉村上的每一垛墙，熟悉每一垛墙上的小洞。我知道哪一垛墙上的小洞多，知道哪一垛墙上的小洞里钻进的蜜蜂最多。我曾在生产队旧仓库大门口东边的一个墙洞里，一次捉出二十几只蜜蜂，很快就把玻璃瓶装满了。每一垛墙下，都留下了我幼小的身影。如果每一垛墙都有记忆，一定还记得在夕阳的晚照里，认真地一遍遍地唱着"上面有蛇的，下面有肉的……"的少年。

许多年过去了。我在谭家湾做的事，其实少得可怜，看看蚂蚁，喂喂鸡鸭，种种树，割割草，捉捉蜜蜂，听听鸟叫蛙鸣，有时也砍倒一棵大树，推倒一垛旧墙……许多年的过去，也如一阵风吹过一样轻飘短暂。这风，把我的童年带走了；这风，把我的少年带走了；也是这风，把我的青年带走了。当我整个的人生都随风而去时，当一村庄的人都随风而去时，有谁还会知道我曾做过的事呢，有谁还会知道我无意中掉的那把镰刀被谁拾去又收获了什么呢？

偷的回忆

小偷被戏称为"三只手"，不知始于何时。我想正常人都只有两只手，那多了一只手就像个怪物，因此"三只手"不是好的称谓。

偷自古以来就被定义为邪恶，不是正人君子所为的事。人们为惩罚偷的人，曾绞尽脑汁，想出各种各样的目不忍睹的刑法，如断手去足等。现在已是文明社会，早已把这种野蛮的刑法废除。小偷小摸劳教，大偷吃粒"花生米"（指枪毙），这都是极省事的，也容易让人汲取教训。

虽然每个人都知道偷不是什么光荣的事，但我相信很多人小时候都曾干过那傻事，而且傻得天真，傻得好笑，总以为只有天知地知我知，存在着一种侥幸心理。我就曾干过几次这样的傻事。一次是偷了父母的两毛钱，星期天和同村的好友上街去享受了一回。一次是偷同桌的一本小人书。在我记忆中印象最深的是读四年级时偷邻居家的钥匙。

邻居阿六是生产队里开拖拉机的，因此他家里有许多大大小小的各种型号的用坏后换下来的旧弹子圈。那时，我村上的小朋友正风行做小推车。所谓的小推车就是用四根木棒钉成一个长方形的框，再在前后离边约二寸[1]左右处各钉一根木棒，上面装上弹子圈，就可以滚动前进了。人就坐在上面的四根木棒上，如嫌不舒服还可钉上木板，这样就是名副其实的一辆小推车了。我和哥哥很是羡慕别人家的孩子，他们不知从哪里弄来了弹子圈，一个个的都拥有了各自的小推车。我和哥哥虽然听惯了父母的教诲，常"知足"。可毕竟也是小孩，打心

---

[1] 寸：长度单位，1 寸约等于 3.33 厘米。

眼里总希望自己也能享受享受那种有小推车的自豪。

"利强，你们的弹子圈从哪来的？"我打听着在什么地方可搞到弹子圈，虽然我没把握打听到后一定能弄到手。

"在阿六家！"他扬起小小的胖圆脸，神气十足地看我一眼。

"是你向他讨的吗？"我羡慕地问。

"是我爸向他要的！"说完他一甩头飞也似的走开了。

我把这喜讯告诉哥哥，哥哥也着实高兴了一阵。可这兴奋，还没来得及细细品味，马上又被无法搞到弹子圈的烦恼覆盖。

我和哥哥都非常清楚，父亲不会答应我们的请求，更何况我俩也不愿意以这纯粹的玩乐来麻烦父亲。要知道，我和哥哥一向是比较"争气"的。

做出那样大胆的举动，我自己也很惊讶。当我征得哥哥的同意后，我只知道自己的心怦怦地乱跳不止，但脚步却鬼使神差地向阿六家走去。事前我已仔细地侦察过，他家的后门没有关。我蹑手蹑脚地向门里移进去，我只觉得心像要跳出我的胸膛似的，紧张得大气不敢喘一口。

这是我有生以来第一次也是最后一次到别人家去偷东西，虽然事前做了充分的心理准备，可事到临头，自己反而胆怯了。但既然在哥哥面前夸下了海口，下了万无一失的保证，我还有什么好犹豫的呢！我站在阿六家中，像是走进了恶魔张开的血盆大口，浑身不自在极了。身上一阵燥热，脸一阵白，一阵红，我用手碰了一下脸，烫得像是触到了烙红的铁棒。

四周静得可怕，弹子圈就在东面油迹斑斑的地上，我迅速地提起用铁丝串在一起的一串弹子圈，转身向后门处退去。就在我转身的一刹那，我看见前面箱子上有一串钥匙，它充满着神秘的魔力，我一下子被它迷住了。我又不由自主地伸手把它牢牢地抓在手中，像抓着美丽的希望似的，死死地，不容挣扎的（假如它会挣扎的话）。

我没把偷钥匙这个环节如实地告诉哥哥，我庆幸自己的勇敢机智和幸运！

偷这串钥匙，你别误以为我是为下次"作案"作准备，其实，我感兴趣的根本不是那大大小小的钥匙，而是与之串在一起的那把黄色的弹簧刀！我私下把弹簧刀藏起来，把钥匙随手埋在了外面的石墙边。

事情仿佛就是这样顺利。我们获得了梦寐以求的弹子圈，可我们做贼心虚，始终不敢公开做我们朝思暮想的小推车。因此我们一直没有享受那种令人心驰神往的自豪。不但如此，而且由于我的顺手牵羊，不久这事就不可避免地暴露了。

这件事的暴露全是我的大意造成的。那是事隔一个多月之后的一天傍晚，我和哥哥烧好晚饭在屋里吃生番薯，我怡然自得地用那把亮光闪闪的弹簧刀削着番薯皮。恰巧阿六从门外进来找我父亲。天哪，我一点防备也没有，给他逮了个正着。我是多么的羞愧呀！那时，如有地洞可钻的话，我一定会毫不犹豫地钻进去的，哪怕进去后永不出来。

当时我很后悔自己的粗心大意，一点也没有怪自己曾干过的"好事"。我不敢正眼看阿六一眼，低下头一声不吭。我想，那时，他的样子一定是凶恶可怕的，像个凶神恶煞。我一定是极可怜极痛心的，像一只受伤的小麻雀，在猫爪下睁着惊恐的眼，浑身颤抖着……

虽然当时很后悔被他发现自己的真面目，但事后我却为他的及时发现而感到由衷地高兴。不仅仅是因为被他发现后，我得到了教训，而不再陷入行窃的泥沼中不能自拔；更因为是他对待我的那种态度是何其温和，对待我的方法是何等高明！直到今天我一想起他，就会油然而生敬意。在我幼小的心灵里，他可算得上是个伟大的真正的教育家，他的形象在我眼中一下子高大了起来。

　　真的出人意料，他不但没有打我，没有骂我，更没有声张。我的一切担忧和害怕，马上汇成滚滚的感激之情，夺眶而出。我感动极了，为他的宽宏大量，为他的妥善周到，为他的正确教导。我真不敢想象，假如他当时不这样做，而是告诉了我父母的话，有怎样的一顿狠命毒打。打还不是主要的，这是罪有应得，但由这打而造成的心灵的创伤，我想是永远不会在我幼小的心灵上消失的。

　　他只是和气地说："你只要把钥匙还给我，这刀、弹子圈我都送给你好了。你不用害怕，我不会告诉其他任何人的。"

　　虽然许多年过去了，这件事早已成尘封的记忆，但每当我打开泛黄的记忆本时，我总是对阿六叔充满了深深的敬意和感激。虽然他不会知道他做了怎样的一件大好事，但我从中受到的教育和启迪是无法言说的。我不仅懂得了怎样的一个人才算是真正的良师，更学会了怎样做人。

　　基于这样的认识，我不再后悔自己的所作所为。我深深地体会到，一个人难得的不在于不犯错误，重要的是要有知错就改的精神！

村里的大事

　　中午快吃饭的时候，阳光明媚，天气非常好。在院中的水泥地上，我远远地就发现一条黑色的粗线，那线好像还在蠕动，像一条大虫。我好奇地走近细看，原来是一大堆蚂蚁。一只蚂蚁很渺小，单独在地上爬时，没有人会注意它的存在。可是，当成千上万只蚂蚁，一下子全都突然暴露在你面前时，你的目光马上就被吸引住了。你没有想到，小小的蚂蚁也会组成一幅如此壮观的图案。人也一样啊！当你一个人在村里的一个角落默默地做着事情的时候，谁会注意到你的存在、你的劳动呢？一大堆人，朝一个方向赶时，人们才会留意到发生了什么事。

　　我蹲下来，仔细观察，想弄明白蚂蚁们在干什么。蚂蚁从西边我家厨房的墙下一直绵延到路东边的一棵橘树树根下。有的蚂蚁从左往右爬，有的蚂蚁从右往左爬，它们全都行色匆匆，仿佛正赶着去干一件重要的事情，容不得半点拖延。蚂蚁太多了，又拥挤在一条小路上，一只只蚂蚁不时地相互碰撞，每次触角相碰，立即像触电似的闪开，又向前冲，又相撞，又像触电似的闪开，又向前行……如此重复着，一只蚂蚁就像一个波浪，一浪一浪不断地涌向前。我发现，有的蚂蚁衔着白色的蚁卵，有的蚂蚁衔着更细的米粒，有的蚂蚁嘴却空着什么也没衔。我还注意到，有几只特别大的兵蚁，它们像人高马大的将军，走起路来一副趾高气扬的派头。它们不走蚂蚁们一窝蜂涌着的小路，它们在蚂蚁群的边上，像监工似的独自走着。我不觉黯然。蚂蚁们也像我们人一样，分三教九流吗？有蚂蚁懒惰，有蚂蚁辛劳；不干活的却吃得脑满肠肥，干活的却累成皮包骨？

那时，我聚精会神地观看蚂蚁。父亲喊我吃饭，我都没反应过来。父亲说："蚂蚁搬家有什么好看的？快吃饭去。"我问："为什么要搬家呀？"父亲说："要下雨了。蚂蚁搬家要下雨，懂吗？"我不懂，可我也没再问。母亲已不耐烦地在屋里骂我了。母亲一骂，我就害怕，乖乖地进屋吃饭去了。人走了，可我的心却留在了蚂蚁群旁边继续琢磨着父亲刚才的话。蚂蚁为什么要搬家呢？难道它们在家里住得不舒服吗？住在家里也会有不舒服的时候？

许多年以后，哥哥走出村庄，独自在远方陌生的城市中生活时，我才明白：人，也像蚂蚁一样，在一定的时候搬家，离开老家，再重建一个新家。人，一直在寻找着新家，一直走在从老家到新家的路上。这是一条没有尽头的路。许多人，在这条路上，走着走着就走不动了。此时，才蓦然惊觉——老家在何处？新家又在哪？

有一段时间，我得了抑郁症，请假在家休息。整日与小女玩耍，一会儿搭积木，一会儿开玩具汽车，一会儿推自行车，一会儿吹笛子，一会儿教她画三角形，一会儿在草地上捉小虫……不知时光匆匆，今夕是何年了。

那天傍晚，母亲下班回来。我的双眼紧盯着脸盆上多的那一把嫩绿的"乌米团草"。我怔愣在那儿，眼前的一切变得模模糊糊，朦朦胧胧，我仿佛站在前世，隔着一世的时空，望着眼前的今生。一切恍如梦中。就在我生病期间，停下工作的当儿，时光依然在前行啊！"就要四月初八了吗？"我在心中问自己。

在乡下农村，每年阴历的四月初八有做乌米团的习俗，这"乌米团草"就是用来做乌米团的。这习俗，传说是明朝初年的刘伯温创下的。现在，谁也不知道为什么要这样做。没有人逼着村人买"乌米团草"，没有人规定四月初八一定要吃乌米团。可母亲，就像一个准确的时钟，每年走到这儿时，总不忘去买一把"乌米团草"。

年是什么？在村人的眼中，年就是清明的粽子，四月初八的乌米团，端午的绿豆糕，七月半的馒头，八月中秋的月饼，腊月的年糕，腊月二十三的送灶圆子！在村人眼中，年是一个个周而复始的圆圈，每一圈都是实实在在的，都与人的吃紧密相连。如果在哪一年，哪一户人家的桌上没有了这些粽子、乌米团、绿豆糕、馒头、月饼、送灶圆子，这户人家算是彻底的完了。不是举家搬迁走了，就是家里遭了殃只剩下不全的一两个人。这些食品，已不是简单意义上的食品，而成为"年"这一大时钟上的醒目的刻度，提醒人们已经走了多远的路。

以前我家养过几只猫，都是公的，都在吃了人家毒死的老鼠后中毒死去。如今，我家又养了一只猫，这只猫是母的。它长得很漂亮，四只脚和脖子上的毛是白色的，其余的都是或淡或浓的灰色，远远望去给人一种鹤立鸡群的醒目感。前一阵子，这只花白猫突然喜欢外出，整日蹿上蹿下，在村里"喵呜——喵呜"地乱叫。白天叫，晚上亦叫，叫得人听着就心慌。父亲说，这是猫发情了，它在呼唤别的公猫。

果然不出所料，接下来的几天，家里进进出出的猫陡然增多，有一大群，一只比一只强壮结实，无一例外都是公的。在光天化日之下，花白猫和公猫们调情嬉戏，甚至于当场交尾。猫们的热情始终高扬，在柴堆上，在青草地上，在红砖瓦上，在屋顶上，在树上，它们尽情地展示着自己的快乐和兴奋。猫们的谈情说爱从不避人，它们觉得在阳光底下公开交尾没有什么不妥，没必要为每一只猫都做着的事而遮遮掩掩。

在猫们真真切切地交尾时，我发现有许多人在偷偷地观望。一如村里的狗、猪在交配时，都有大批人在周围远远地观望一样。我不知道，那些观望的男人、女人们，在观望的当儿，想到的是些什么。可我从村上的一个男光棍的眼中，分明读到了一种羡慕，一种嫉妒，我见他拾起一块锋利的尖石头，猛地向猫们掷去。随着一声"喵呜"的惊叫，一大群猫逃得无影无踪。他的这一下，可能就改变了我家花白猫的命运——本来是生下黄色的小猫，却可能由此生下黑色的小猫来。

人们羡慕和妒忌是否都是这样，到后来总是以扔一块尖石头告终？伤害别人前，其实自己已经受伤害？

生活在村里的人和动物们，各有各的大事。对蚂蚁来说，下雨前搬家是大事；对村人来说，一年一度的各种特色食品是大事；对猫来说，发情交尾是大事。在这世上，各人都干着各人的大事，动物也都干着动物的大事。大家谁也没注意到谁的事更大，也根本没想到要去作比较。大家都把自己的日子花在自己认为的大事上，大家的生命便都埋在了那些大事里。而这一切，都跟历史无关。历史不在意这样的大事，历史在意的是村庄以外的大事。

怀念一只猪

　　小村里的几十户人家，以前几乎家家户户都有低矮的猪棚屋，一年四季都养着猪。我家也不例外，父母总不让猪棚空着，有时养一只，有时养两只，等到猪养大卖掉紧接着就又买来小猪养着。那时，养猪是家里唯一的额外经济来源，而且，猪粪是农田里最好的有机肥料，因此大人们都很重视。养猪，却从不杀掉自家吃肉，每次把猪养大都是供出售的。

　　那年，我家猪棚空了半年。下半年，父母去买了一只小猪崽，准备养大了自家过年吃，这猪就称为"过年猪"。刚买来时，这只小猪胖嘟嘟的，蛮可爱，在棚里很乖顺，喂食时它总是一声不吭地一口气全吃完，而且吃饱肚子以后，躺下就睡。父母看了，也挺高兴，说今年买到了一只好小猪。可好景不长，没过半个月，买来的配方饲料吃完后，这小猪就开始闹脾气了。先是挑食，喂的猪食，它不再一口气吃完，而是"噗噗噗"地吹一阵子气泡，然后拣一些饭粒和青菜吃下，此后就不吃了。好好的猪食不吃，便整日饿着肚子"咕咕咕"地狂叫，直叫得人心烦。接着，小猪开始在墙后跟用嘴和鼻子挖墙脚，没有任何工具，它拱起了一块石头又一块石头，没几天功夫，就拱成了一只大坑。最后，小猪干脆不愿待在四四方方的棚里了，它企图跳出猪棚。可栅栏很高，有一米左右，它一下子跳不出来。令人惊奇的是，小猪就像一个跳高运动员，有足够的耐心、勇气、毅力和技巧。一天，它的试跳获得了成功，逃出了囚禁它的猪棚。

　　获得了自由的小猪，就像一只野猪，四处游荡。等到我和父母回家，已有几位村人来报告，说我家的小猪啃掉了他们的青菜，踩坏了他们的篱笆，吓跑了他们的鸡鸭……费了九牛二虎之力，把小猪又关进猪棚后，父母狠狠地用搅猪食的竹片打了猪一顿，想以此教训猪，让它汲取这次被笞的教训，别再跑出去给家人添乱。可小猪并不懂得家人的心。也许，这只小猪太渴望恢复祖先——野猪——狂傲不羁、自由洒脱的生活了，以至于它一再蔑视家人的训斥和惩罚，总是轻轻地一跃，就跳出了猪棚，去外面的世界自由逛荡。

那是一个星期天，我独自在家里看书。突然，楼下又传来年迈的太公（曾祖父）的叫喊声："猪又逃出去了！"这小猪一而再、再而三地逃出去，惹起了我的无名火。我急冲冲地下楼，在远处把小猪抓住，一只手拎着猪的大耳朵，把它翻倒在地上，狂吼着叫太公去拿老虎钳和铁丝。太公已九十多岁，他默默地忍受了我对他的不敬和无礼。我用铁丝把小猪的一只前脚和一只后脚绑住，中间用一段不长的铁丝连着。我恶狠狠地想：看你还有什么办法逃出去！我的办法确实管用，小猪再也不能跳了，就像一位摔断了腿的运动员，只是睁着一双无限哀怨绝望的眼。

那年年前，父亲请人把已长大了的猪杀了。晚上，父亲在灯下整理猪肉，有的要用盐腌制，有的要剁成细肉做肉圆子。当他拿起猪的脚爪时，我看到了那只畸形的小腿：中间一圈深深的沟，沟的上下两边堆着一圈肉，就像一棵小树被铁丝箍住后长大了一样。我不由得怔住了。父亲轻描淡写地说：这只猪，也真可怜，这根铁丝一直箍到骨头上了。谁叫它这样吵，要跳出棚来，真是自讨苦吃！我已经忘了给小猪腿上绑铁丝的事，是这畸形的脚爪，又唤醒了我当时那几近疯狂的一幕。

那一刻，我才感到自己的自私和残忍。我因为自己正生病，就有理由无端地把心中的焦躁、郁闷、不满、愤怒，像决堤的洪水一样无情地泼向小猪，同时也附带地迁怒于太公，让太公也忍受了我的无礼！一头有返祖倾向的猪，它有何过错？太公有何过错？我有什么理由对太公发怒狂吼？猪本来就是自由的，我们人类，就因为自己的生存需要才把它们囚禁起来，用栅栏和鞭子将它们驯服成温顺的家猪。这对野猪来说，失去了猪性，失去了猪的尊严。现在，有一头猪出来反抗，渴望恢复往日的猪性和尊严，难道是一种错误？这是多么可怕的一个场景：当一个人生病时，就会把因病而受的痛苦，对病的不满、愤怒，无理由地转嫁给其他生物！难道这逻辑我们还感到陌生吗？

许多年过去了，这只猪的不幸遭遇，直到今天还深深地留存在我的脑中，成为我记忆的一部分。我知道，这只小猪，不仅仅是一只小猪，它因走进我的记忆而成为我生命的一分子。因为，生命的本质就是一连串的记忆。我不知道，这只小猪眼中的我会是啥模样，它记忆中的我，又会是一个怎样的样子。可惜，这永远是一个谜，我不可能知道答案。

人类，总是以自己的需要为需要，以自己的感受为感受，以自己的认识为认识，以自己的真理为真理，而从不考虑诸如猫、狗、猪、羊，小草、大树、山川、河流等更接近自然者的意见。也许，这是造成我们今日人类社会诸多困惑和迷惘的原因。也许，这只有返祖倾向的猪，会成为我们人类的导师，我想至少应该成为朋友，而不是敌人或奴隶！

小人书

　　小时候，我与哥哥像其他男孩一样也很贪玩。那时，我们最喜欢的是集香烟纸，并把它们折成三角形，每只三角因香烟牌子不同而有迥异的"身价"，每人在拳头里放上若干张，然后摊开，看谁手里的三角价最高，就由谁第一个摔，第一个用手拍地，让手触地时扇起的风把三角吹翻，吹翻了就归自己，这就是非常有趣的"来三角"。每种香烟纸的定价有一套不成文的规矩，如红"牡丹"是一千，"孙悟空"是一千二，绿"双叶"和黄"凤凰"是一千五等等。我们"来三角"时要么不来，一来就忘了吃饭，那种精力高度集中的劲儿，不知从何而来。我们不仅白天来，而且晚上也来，直到后来有人把仓库前的路灯摘除后，我们才只好在白天来了。

　　除了集香烟纸，我们还喜欢集各种各样的糖纸。"来糖纸"与"来三角"差不多，只不过不比大小，而是用手把一只糖纸压在墙上，然后迅速把手拿开，这时看谁的糖纸飘得最远，就由谁第一个用手扇（手不用触地，只在空中挥过），把糖纸翻个个儿，就算自己赢了。这也很有趣，我们乐此不疲。

　　还有一项有趣的活动是"打丁子"。吃好晚饭，我们全村二十来个男女孩子在晒谷场上集中，按大小分成两组，然后两组比赛看哪一组赢。所谓的"打丁子"，就是把左腿架在右腿上，一手或两手拿着架起的脚，然后靠右脚跳着前进，互相用左腿的膝盖撞击，谁先把架起的脚着地谁就输了。在全村的小朋友中，我和哥哥、建强三人最厉害，分组的时候，总是你抢我夺的对象。有时，一来劲，我们会一直打到深更半夜才回家。那时无忧无虑的生活是多么令人神往啊，可它却一去不复返了。

在诸多游戏玩乐中，我和哥哥最喜欢看"小人书"。小人书就是小孩看的书，就是连环画。

哥哥小时候没上幼儿园，从我这一届村中开始办幼儿园。幼儿园就在自己的村上，离我家很近，幼儿园里有许多许多的小人书。小人书是可以借的，在幼儿园的小朋友中，我是借得最多的一个，哥哥看小人书是沾了我的光。夏天的时候，老师叫大家一起在菱桶中洗澡，我很怕羞，闹脾气，被老师批评了。我很委屈地回到家里，不想再上学了，夜里，看看夜空眨眼的星星，我又想到了令我着迷的小人书，第二天我又毅然去上学了。

上小学后，识了字，我更加喜欢看小人书了。识字后，就不再像以前一样只看图画，不看字，一本书囫囵吞枣地看完。那时候，小人书很少，自己又没钱买，所以只有向要好的同学借。如果借不到，我会难过好几天，直到把那本小人书借到为止。

每年过年，我和哥哥都有几角压岁钱，大部分都是用来交学费的，但有时，也有少部分留着自己用，我和哥哥就积攒下来，再加上有时向外婆要来的少得可怜的零花钱，看到好的小人书就非买下来不可。那时，我和哥哥最爱看的是成套的《三国演义》《水浒传》《铁道游击队》《红楼梦》等等。记得有一次，在外婆家，我缠着"麻子阿爹"（外婆的第二个丈夫）第二天早晨带我一起去八里店。麻子阿爹年纪大，走不快，加上要背十几斤的螺蛳去卖，所以半夜就得起床动身。我嚷着要去，麻子阿爹没办法，只得带着我上路。我不是真的要去八里店街上玩，而是想叫阿爹买一本好看的小人书，假如我不去，他只会给我买烧饼油条什么的，他每次上街都买这些给我们吃。到八里店时，天刚蒙蒙亮，卖完螺蛳后，我讨了五角钱，在那买了本《三打祝家庄》。虽然走了半夜的黑路，很累，但当我拿到这本心爱的小人书时，我心里就热乎乎的，仿佛拿着的不是小人书，而是温暖的阳光。

后来，我和哥哥相继走出看小人书的年龄，开始捧起一本本没有图画的大书。可惜的是，那时农村根本没有什么真正的大书可看。在我读五年级时，哥哥借了一本《陈十四传奇》，我废寝忘食地看，被里面的离奇故事深深地吸引住了。陈十四和蛇精英勇顽强的打斗故事，直到今天我还记忆犹新，好几次我还讲给我的同学和学生们听。在师范学校的毕业留念册上，有人就写下过这样的话："何时再听到你说'唐朝末年，天下大乱……'的故事？"同年看的第二本书是《封神榜》，这本书是繁体字，而且是竖着从右到左地看，我看不大懂，只记得个模糊的梗概，是讲周武王起兵伐纣的故事。记忆中，除了这两本大书，再也没什么其他的书了。

我喜欢看书，大概是小时候爱看小人书的功劳吧。直到今天，我知道的许多有关四大名著的故事，都是来自小时候看的小人书，而不是原著。在生产力发展、经济稍富裕的今天，我希望年轻的家长们，少给自己的孩子买零食，而多多地买漫画书让孩子看看，对孩子的健康成长是非常有益的。可惜的是，如今早已没有了小人书，我在旧货市场看到，小人书竟成了一部分收藏爱好者的收藏品。小人书也能成为收藏品，这是我没有料到的。我家的许多小人书，一直保存得很好，我将它们锁在五斗橱的最下面一只抽屉里。只是后来，我的舅舅把锁敲了，他也喜欢看我们的小人书，再后来因没有及时收管好，被舅舅的儿子弄丢了好多本。

再次在书店里看到小人书时，小人书价格已不是我小时那样便宜了，成了按套出售的价格昂贵的书。这样的"小人书"，我想更多的是冲着收藏来的吧，就像书店里的礼品书一样，买的人是不看的，是用来送人的，而收礼品的人，多是用来装装门面罢了。这样的书，其实已经脱离了真正意义上的书，徒有书的外表而已。

虽然时光不能倒流，我也不会再去看小人书，但小人书给我的美好回忆却是我永生难忘的。

听听石头的声音

　　我居住的新盖的二层楼房后面，是两间半残破的砖瓦平房。几十年的风吹雨打，使平房明显地老了——瓦也破了，门也破了，窗也不齐了，椽子也耷拉下来了。这平房的屋后，有一片空地，居家无事，我便经常独自一人来这儿散步。其实也说不上是散步，乡村生活，不像城市中的那样匆忙，有的是随便走走的时间。我只是随便走走，一不留意，就走到这空地上来了。

　　空地的左手摆放着一只粪缸，父亲利用天然的两棵树——一棵是水杉，一棵是构树——搭了一个草棚，全家人的大便就在这儿解决。以前读余华的《活着》，看到主人公福贵的父亲去村口的粪缸大便，"走到了粪缸旁，他嫌缸沿脏，就抬脚踩上去蹲在上面……那两条腿就和鸟爪一样有劲。"我便觉得纳闷，有人真会蹲在缸沿上大便？

　　后来，我家西隔壁的房子租给了前来安装电线的外地人住，通过交谈得知他们都是苏北人。第二天清晨，我惊奇地发现，这些人，无一例外都是蹲在缸沿上大便的。

　　一个地方有一个地方的风俗人情，我在谭家湾村的乡居生活局限了我的视野，使我变得孤陋寡闻。我不可能像有的人一样通过"行万里路"来增知广见，突破自己人生的局限，唯一现实的是"读万卷书"。可从书中读到的一切，自己从没见识过，其可信度又有多少呢？"尽信书不如无书"，古人这样说。那么，应该百分之百地不相信吗？该把握一个怎样的度才恰到好处呢？每一次看到这粪缸，我就会想起蹲在上面大便的事，就会不由自主地思索起如何正确地看待书上的内容。

这样的思索，往往是毫无结果的，也是奢侈的。在谭家湾村，除了我，不会有第二个人有这样的联想和思索了吧。谭家湾村以外呢？有人会和我有一样的想法吗？

空地的右手边是一棵小腿一样粗的香樟树。香樟树不是种的，是它自己从地里长出来的。长到手臂样粗时，曾意外地枯死过，没想到第二年，在枯死的根部又长出了新芽，终于长成了一棵大树，虽然枝干歪着，像根拐杖。

香樟树是常绿植物，一年四季青翠着。每年的四五月间，春末夏初之时，新萌的叶长大后，去年的老叶便开始一片片地飘落。一阵风过，落叶纷纷扬扬，如蝶如羽，给人一种秋天提早来到人间的错觉。一棵树有一棵树的个性和脾气，就如一个地方有一个地方的风土人情一样。香樟树不选择与大多数树一样在秋天落叶，而是选择在万物生机勃勃的春夏之交落叶，这是颇耐人寻味的。如果它也像其他的树一样挤在一起落叶，那我还会有机会欣赏到春夏之交时枯叶纷飞的独特美景吗？

香樟树是个怪物吗？它的独特，是不是该受到指责，是不是该受到修理改造？秋天落叶，是一大美景，那么，春夏之交的落叶，难道就不是一大美景？由此我想到做人，我们能容忍一棵树与其他所有树的不同，保持它的个性；那么，我们为什么不能容忍一个人与其他所有的人的不同，也让他保持自己的个性呢？

我慢慢地踱到空地的最西边，便看到八块长条石搭成的台阶，顺着台阶下去，就可以洗东西了。先前空地的北面是条弯弯的小河，河水清澈见底。如今，由于筑路，小河早已消失，成了一个臭水塘。这石头台阶，也便弃置不用了，没有人再上这儿洗东西。它经年累月地空着，原来黄褐色的石头上长满了青苔，石头成了青黄色。旁边长满了各种野杂草，让人无处挪步。

"嗳，这不是沈家老二吗？"我站在最上面的第一块长条石上时，分明听到了这样的招呼声，这是长条石认出了我而发出的一声欢迎。虽然我十几年没经过这块长条石，没洗过东西了，可这石头，还是一眼就认出了我。我的身高变化很大，从矮小的个儿，长成了一米八的瘦高个。但从石头一眼便认出我这一点来看，我的变化是微不足道的。

是啊，谁能完全知道这块石头曾看到过什么呢？石头看到过，一群赤裸着身子，在六月天，长时间地浸泡于河水中，尽情地游泳打水仗的小男孩，其中有两个就是我和哥哥；石头看到过，我和哥哥洗碗时把碎成两半的碗拼拢，让它再稳稳地漂浮于河面上，太公来洗碗时，见有一只好碗浮于水上，就想方设法捞上来，一看是破的，便大骂，我和哥哥远远地偷着乐；石头看到过，各种各样的小船在河面上穿梭来往；石头看到过，我父亲在河里撒下渔网，曾一网打起过一条十几斤重的大白鱼；石头看到过，一条活泼可爱的欢蹦乱跳的小河，无奈地逝去消失……这块石头看到的肯定不止这些，这些只是刚巧它和我都看到而已。我深信，一定还有更多的我不曾看到的事，这块石头都看到了。

太公曾告诉我，这八块长条石是祖上传下来的，一直放在这儿，供下河洗东西用。那么，这块长条石，一定看到过我太公的上辈的上辈，甚至更上几辈的祖先！

我坐下来，用手轻轻地抚摩着石头粗糙的表面。我静静地听着，听着石头与我的倾心交谈。十几年前，我曾与它交谈过，直到今天才有机会再叙前缘。倏忽间，时光飞逝，十几年过去，我长大成人，娶妻成家，生儿育女。石头却依旧坐在水边，静看日升日落，斗转星移，云疏云聚，风来风去……这世界上，声音已经太多太嘈杂——风声、雨声、鸟声、演讲声、争吵声……人的耳朵，已听出了老茧，变得麻木迟钝。有谁能听到一块石头的声音？有谁愿意听听一块石头的声音？忙忙碌碌的生活，使我们疲于奔命，使我们丧失了与石头对话的机会。每一块石头都会发出声音，每一块石头都有记忆，每一块石头都比我们几代人看到的加起来还要多。

石头是有灵性的。天塌了个洞，女娲补天用的原料是石头。曹雪芹笔下《红楼梦》中的多情公子贾宝玉是青埂峰下的一块石头。《西游记》中大闹天宫后又助唐僧去西天取经的孙悟空，也是山中的一块石头。有一首歌这样唱道："俊美的石头会唱歌。"我说，不仅俊美的石头会唱歌，每一块石头都会唱歌。听听石头的声音，我们将体会到人类历史的另一个记忆版本，在那个版本里，保留着最原始的本真自然的一切。

听听石头的声音，它会让我们的心静下来，远离人世浮躁的流行和肤浅的自傲，从而获得某种顿悟……

寻找一种语言

那是一个春天的下午。我拎着竹篮拿把小剪刀去田野里挑马兰头。阳光暖暖地照在大地上。那青青的草，黄黄的油菜花，紫红的豌豆花，刚探出头的河边的芦苇……全都沐浴在阳光里。我在草地上蹦啊跳啊，无拘无束，开心极了。累了，便躺倒在草丛中。突然靠近的草，在眼前陡然大起来，一株草就像一棵树，一丛草就成了一大片森林。两朵淡蓝色的野草花在微风的吹拂下频频点头，仿佛在进行一场交谈，一个问道："大姐，你见到昨天的太阳了吗？"另一个细微的稍尖的声音随即响起："小妹，昨天的太阳和今天的一样，明亮、温暖。我还见到昨晚的星星、月亮了呢！"头一个声音又问："什么？星星？月亮？星星是啥样子的？月亮是啥样子的？你能告诉我吗？"另一个声音回答说："别着急，等一下太阳下山了，星星、月亮就会上来，你会看到它们的。在你还没看到它们以前，我和你讲得再多，你也不可能真正明白它们是啥样子的……"在这空旷无人的田野上，我静静地听着两朵花的悄悄话。

有人说，语言的产生是缘于原始人的劳动——分工合作。我对此不敢苟同，我觉得，语言产生于沟通的欲望。当我们一生下来，孤独地面对未知世界时，便心生恐惧和害怕，这恐惧和害怕又使我们产生与别人沟通的欲望，想借彼此的沟通来消除冷漠、无知、恐惧和寂寞。因此，语言的出现，早于文字的出现，在文字出现以前，语言早已存在许多年。而沟通，并不仅仅只有人与人才会有，人与动物，动物与动物，人与植物，植物与植物，动物与植物都会有沟通。因此，拥有语言也不是我们人类的专利。

　　动物有语言。鸟有鸟语，兽有兽语，一种动物也听不懂另一种动物的语言。语言，在帮助我们彼此沟通时，又为我们构筑了新的墙，新的障碍。这世上，从来就没有只有利而无弊的东西，语言也不例外。夏天枝头的一只蝉，它腹腔中发出的声音，是蝉的语言，狗就听不懂。秋天田野里的乱石堆中，一只蟋蟀用翅膀发出的响声是蟋蟀的语言，鸟就听不懂。冬天一场大雪后，一群麻雀在前面的屋顶上叽叽喳喳，人不知道它们在商量什么，争论什么，因为我们听不懂鸟的语言。在这一点上，我们人类和动物一样，都只能听懂同类的语言，而不能听懂另一种不同类的语言。我们都被囚禁在各自的语言中，就像动物园里关在笼中的动物一样。

　　语言，是一种自由。我们的思想、愿望，可以借语言之力飞向蓝天。语言，又是一种囚笼。我们的思想、愿望，只能在一种语言中流传，这种语言所能到达的范围，即是这笼子的大小。

　　植物也有语言。一株草与一株草，它们彼此也需要交流与沟通。只要沟通是存在的，语言就一定存在。语言，并不只是能听到的声音。语言，还以另外的形式存在。比如聋哑人之间的交流，就全凭手势，手势也是一种语言。因此，语言并不只是用来说和听的，语言也可以用眼来看的，用手去摸的，用舌去舔的，用鼻去闻的，语言更是要用心去感悟和体会的！

　　一棵树与另一棵树，各自占据着一方土地。我们从没看到一棵树走向另一棵树，一棵树从出生到长大，如果没有我们人类的移动，几乎一辈子就待在一个地方。屋后的那棵老榆树，几十年如一日地站在那儿，像一个思想者。屋前院中的那棵水杉，也几十年如一日地默默站在那儿，一动不动。我想，老榆树和水杉，应该也在说着悄悄话，说村里已经死了几位老人，还有几位老人健在；说村里哪个小伙年纪轻轻就遭横祸死了，说哪个姑娘因父母反对自由婚恋而自杀了；说东家长西家短；说哪一年曾发大水淹没了稻田，哪一年曾大旱河底都晒干了……说到动情处，展动一下枝叶，发出呼啦啦的响声——这是树们的爽朗笑声啊！

一朵花和一朵花，也会用语言交谈。那个春日的下午，我躺在草丛中，听到两朵花的谈话，不是偶然。花们，一直在说话，从盛开的一刻开始，一直到凋谢的那一瞬。我们听懂花的语言，才是偶然。我们的生活，变得日益匆忙，日益物化，日益远离自然，我们已没有足够的耐心长时间地去聆听一棵树、一株草、一朵花的声音。我们已无法让自己静下心，去真正地体会花草树木的世界。我们无法走进花草树木的心，我们大多数人也不屑走进它们的心。隔阂就是这样产生的：开始是听不懂彼此的语言，接着是不屑于听懂彼此的语言，最后就变得相互不理解，甚至误解、敌视、仇恨。

语言，不仅仅是有生命的动植物才有的，无生命的尘土、岩石、星球也有它们的语言。一个星球与另一个星球，彼此恰到好处地远离着。可距离，并不能阻断彼此的语言交流。就如两个人，虽然一个人远在异国他乡，但通过各种途径，彼此仍能谈话交流。谁能否认星球间语言交流的存在？就因为我们还没能听到吗？没听到的语言就能说明其不存在吗？庄子说："天地有大美而不言。"其实，天地并不是真的不言，天地时时刻刻都在那里诉说，只是我们还没能听到而已。天地自有天地的语言，我们想要听到和听懂，首先就得去寻找和发现这种语言。当鲜花、落叶、草原、山川、星空向我们展示美丽、幽雅、萧瑟、雄伟、辽阔、深邃的时候，天地已经在诉说。只不过，我们很少有机会倾听而已。

　　我们每个人的一生所做着的，其实就是寻找一种语言，用这种语言向世界传达自己的所思、所想、所感，用这种语言证明自己的存在。一个画家，用颜色和线条说话，颜色和线条就是他找到的语言；一个音乐家，用音符说话，音符就是他找到的语言；一个作家，用文字说话，文字就是他找到的语言；一个政治家，用政治事件说话，政治事件就是他找到的语言；一个舞蹈家，用身体的姿势说话，身体的姿势就是他找到的语言……许多人，找到了属于自己的语言，也有许多人，寻找了一辈子，也没找到属于自己的语言。

　　写到这里，我忽发奇想：我们能不能找到一种语言，让所有的生物和非生物都能听懂并使用呢？这样的超种族、超种类、超生命、超世界的语言，宇宙中存不存在呢？努力寻找这样一种语言，让世间的一切通过对话而达到和睦共处的境界——这是一切真正的宗教所追求的目的，这才是真正的宗教精神。这也是一切真正的艺术所追求的目的，这也就是为什么艺术与宗教离得最近，也最有共同之处的原因！

对每一片叶微笑

我家门前有一个池塘，池塘的东边有一片野生的芦苇。那天黄昏，夕阳西下时，我牵着才四岁的小女去田间散步。经过那片芦苇时，见芦苇正长得旺盛。记忆中，那儿原先只有稀稀拉拉的十几根瘦瘦长长的芦苇，一有风来，就弯下它们纤弱的腰。更多的时候，是被村里的大人小孩割羊草时，用镰刀一把割去，只留下根在泥中独守着割去身体的创痛。沧海桑田，白云苍狗，世事的变化一刻也没有停息。什么时候，这儿竟长成了一大片芦苇，成了芦苇的天下。眼前的芦苇，在夕阳的余晖下显得格外妩媚动人。风过处，每一根芦苇仿佛苗条的少女在挥动长长的衣袖，正翩翩起舞。

什么时候，村人已不再养羊，没有人再用镰刀来威胁芦苇的生命。长成了一大片的芦苇，见了风，也不再像以前一样把腰弯得匍匐在地上，而是很有礼貌地向你点头鞠躬。在风中，狭长的芦苇叶一刻不停地摇晃着，仿佛是乘火车的友人向你挥舞着手巾。芦苇叶相互摩擦所发出的沙沙的私语声，轻盈悠远。面对此情此景，我怎能不露出欣喜的微笑呢？我对芦苇叶微笑时，看到它们也在对我微笑。境由心生，还是心由境生？是我有了一颗对它们微笑的心，才感受到它们的微笑吗？

就像电光石火的突然闪现，我一回头，见田野上所有的叶——树叶和草叶——都在随风舞蹈，都在对我微笑。

远离了乡村和土地，生活在钢筋水泥城市中的人们，忘记了对花微笑，更忘记了对叶微笑。不久前，我读到有人发出对每一朵花微笑的呼声，今天，我更要大声地呼吁宣告：对每一片叶微笑！

对每一片叶微笑，就是对各个种类的叶子微笑。叶子，有各种各样的形状。有的呈圆形、卵圆形、椭圆形，有的是披针形、镰刀形。叶子边缘有浅裂、深裂或全裂，有的还裂成了手掌的形状。有的叶子干脆变成了卷须、叶刺和鳞片。不是吗？桃树叶是披针形，樱桃叶是椭圆形，马齿苋呈匙状，椴树叶是心状。松叶像针，柏叶像鳞片，柳叶像眉毛，芭蕉叶像面旗帜，田旋花的叶像戟，新西兰亚麻叶像剑，灯芯草叶像锥，藜的叶子像长梭，棕榈叶像扇，仙人掌的叶像刺……

对每一片叶微笑，就是对生命献上欣赏和敬意。叶的生命是短暂的。此刻，我脚旁田野里形形色色的草都是"一岁一枯荣"的，叶亦是如此。村庄四周大大小小的树，如水杉、柳树、朴树、枫杨树、木槿、榆树、桃树、梨树等，也都是春生夏长，到秋天就开始落叶了。这些树的叶从春生到秋落，只有短短几个月的生命。即使是松、柏、香樟等常绿树的叶，它们也是不能与树同寿，也是要凋落的。只是它们不是在秋天万物枯萎的时候进行。它们是在老叶未落，新叶已生的情况下悄悄地进行着更替，所以没能引起大多数人的注意。每年的春天，万物萌发的时候，就有一些老的松叶、香樟叶从枝头纷纷坠落，成为春天特有的一景，使人产生错觉，以为是秋天过早地降临人间。

对每一片叶微笑，就是对叶默默无闻的奉献精神的赞赏。人们的目光，往往习惯于被千姿百态、色彩艳丽的花吸引，对花关爱备至，对花发出由衷的赞美与赞叹，对花微笑。然而，人们往往忽略了叶的存在。对"万绿丛中一点红"的欣赏，人们也是突出赞赏那"一点"的"红"，而不是"万绿"。其实，花是枝叶的演变，是由枝叶变化而来的。德国诗人歌德早在1790年就说过："花是叶变的。"现在，在植物学家们的研究下，证明丰姿绰约的花真的来自枝和叶。据研究，花萼同叶子几乎一模一样，花瓣的形态和构造，同叶片也相似。雄蕊的花丝相当于叶片的中肋，雌蕊的心皮也是叶片变态折卷而成的。真是：花是最特殊、最不寻常的叶，叶是最常见、最普通的花。叶的默默奉献精神，更体现在她的勇于凋谢。在该绿时绿，在该枯黄时枯黄，不做死皮赖脸的乞求，不做苟活的无益挣扎。

而对每一张叶，让我最先想到的是我谭家湾村的男男女女、老老少少，想到的是普天下农村中的朴实憨厚的农民。"最近在农村调查中发现，家长和子女愿意当农民的是百不足一。有的农民把一生的汗水，都浇灌在自己的土地上，唯一的希望就是把自己的儿子送到城里。为什么？是因为土地的沉重？农民的艰辛？还是想要摆脱贫穷的命运？还不仅仅是这样。有个农民回答得很机智：孩子离开农村，那叫有出息！他有了出息，才能说明土地的价值。土地不仅仅是产粮食的，还能生长有血有肉的好秀才，不是吗？"当我读到关仁山在《对土地和农民的牵挂》一文中这一段话时，不觉泪湿襟衫。农民这张绿叶，难道我们不该对他们微笑，不该对他们表示深深的歉意和敬意吗？

我们村就是这样的一种情形，我不久前在《谭家湾》一文中这样写道："村里书读得最多的，是我哥哥。从他八岁上学读一年级开始，由小学到初中，由初中到高中，由高中到大学，一直读到硕士、博士……不知为什么，村里读书的孩子一个个都走出了村庄，好像一只只雏鸟，等翅膀长硬了，都飞离了旧巢。至今还留在村中的，只有我一人。……我的同龄人中，读书的都走出村子去了。那些没读书的，也都在想方设法地用各自的方式走出村去，留在村里像上一辈一样在田间劳作的只剩下寥寥可数的几个。村庄，生他们养他们的村庄，为什么留不住自己的孩子？走出村去，走向城市，走向远方，为什么会成为村人心中的梦想？

一代代人在这个村庄生活，在村里辛勤流汗，在村里爱，在村里恨，在村里哭，在村里笑，在村里打骂，这一切仅仅是为了实现走出村庄这一梦想吗？"走出村庄的农民，是花，是媒体和世人备受关注的盛开得格外艳丽的花。难道，当所有的绿叶都变成鲜花时，我们才对绿叶献上自己的微笑和敬意吗？为什么不从现在就对每一片叶微笑呢？

以后，每一次与小女在田野上散步时，我都对大地上每一片叶——不管是不知名的细小的野草叶，还是长得宽大有名的芭蕉叶——微笑。我微笑时，宁静和平，安详恬淡，幸福的感觉像弯弯地绕村而过的小河水一样，缓缓地流入我的心间，我的心不知不觉中成了一望无垠的平展展的田野大地……

农活

　　农活很多，如果你想干愿干的话，一天到晚有干不完的农活。

　　我小时候，村里实行着生产队的集体制，还没分田到户，实行联产承包责任制。那时候，村里的大人们一刻也不得闲，天天起早摸黑地在田间干活。生产队长的哨子一响，不管你在干什么，都得立即停止，马上带上工具向田间进发，去晚了会扣工分的。那时候干活，很多人"磨洋工"，即出工不出力。虽然表面上看，大人们天天在田间干这干那，可实际效果并不佳。像我太公这样年纪大的老人，锄一会儿草，就光明正大地坐在草地上，拿出老烟来吸。谁也不管他，即使生产队长亲自见了，也不好怎样。也许，一开始是批评指正过的，但老人们不买账，年轻的队长也无可奈何，只好睁一只眼闭一只眼了。老人们带个头，中年、青年也就学着掏出香烟，点上，然后坐在田埂上优哉地吞云吐雾起来。

　　大人们的"磨洋工"，并不能全归因于他们的懒惰，也有其他更重要的原因。比如我太公，他虽然当时已是古稀之年的老人了，但他的身体棒，照样能挑能扛，样样农活都能干。尽管如此，在队里评工分时，我太公还是得了个 4.5 分。当时，一个男正劳力一天的工分是 10 分，一个女正劳力一天的工分是 6 分。我太公干的活可以和一个男正劳力不相上下，更别说女正劳力了，可他的工分不但比不上男正劳力，甚至比女正劳力都低，这怎么能令太公心服口服？这怎么能调动太公的积极性？由此可见，评工分的不公正不实事求是，是"磨洋工"的一大原因。

当然，"磨洋工"之所以在农村盛行，除了以上"懒惰"和"不公正、不实事求是"外，还有其他的原因，如干活时分配不均，有的干轻活，有的干重活，又如别人在偷懒你不偷懒就觉得吃亏了等。

那时候，大人有大人的农活，小孩有小孩的农活，在农村谁也逃不脱干农活的份。大人干的农活，很多，粗略地记一下有：锄草、挑河泥、养蚕、种田、挑柴、下油菜籽、种油菜、摇船、打草紫、加工、上交粮食等等。小孩干的农活，相对来讲就少得多。我小时候干过的农活有：割草、摘桑叶、拔秧、收柴、打稻等。那时，我干得最多的是割草和拔秧。

1986年以前，小孩该干的农活，我和哥哥都干过。我和哥哥分别考上中专和大学以后，去城里念书，便逐渐与农活疏远起来。今天，哥哥已经生活在大城市了，彻底地远离了农活，我偶尔仍会回家去帮父亲干点农活，但干的时间也不多了。

关于农活，我还记得这样一件事。1983年，哥哥以三分之差未能考上中专，而同村的同班同学军妹考上了。两年后，秋收时节，我和哥哥在村西边的稻田里割稻，太阳热辣辣的，两人都累得汗流浃背，但仍坚持着不敢休息。这时，远远地见军妹在田里割稻，由于她考上了中专，在城里念书了，长时间不干农活，所以她割稻的速度变得很慢很慢，远不及我哥俩。哥哥有意无意地指给我看："你看，她割稻这样慢！以前也割得快的，一上城念书，就退化了，不会干活了。"言语中有一份讥讽和嘲笑。那时，哥哥是否会想到，自己有一天也会像她一样，割稻割不快呢？哥哥是否会想到，她的今天，就是自己的明天呢？是否会想到，要走出村去，这是一种必然？

几年后，读大学的哥哥在割稻时，我曾和他谈起军妹那会儿的事，哥哥只得尴尬地笑笑，不再说什么。一切都会变的，包括自己的内心想法。环境和地位的改变会使你的想法自然而然地改变，不变倒是奇怪的。

又是十几年过去了。

老家只剩下父母两人，每人分到一亩[1]半的农田，这样共有三亩田。哥哥早已在大城市安家，对于农活已经很陌生了。有一次，在农村长大的他，竟然也闹了分不清小麦和韭菜的笑话。我也只是在农忙时节回老家帮父母种一两天田。田里的产出本来就少得可怜，种一亩田水稻，最多只有两百元收入。因此，我和哥哥劝过父母几回，不要种田了。1.5元一斤大米，一年花一千元钱买米，肯定吃不完。可父母不听，仍坚持种田。村上许多人家都不种田了，都将分到的田送给外地来的种粮大户。本来是农民主要经济来源的养蚕，如今也不再受村人青睐。许多人家，连蚕都不养了，将桑树地也送给别人家管。父母仍坚持着养蚕，虽然养一张蚕种，忙一个月，只有七八百元收入，养得不好的话，甚至只有四五百元。

如今，留在老家田间干活的，只剩下村里的老人。那么，村里的年轻人都干啥去了？像军妹和我哥哥这样考上中专、大学的，当然走出村去了，不再回来。那些没考上中专、大学的，也不在老家管田。他们有的去城里办厂做生意去了；有的去镇上做童装、开店去了；有的去乡镇私营企业上班了。总之，村人的经济收入来源，不再是依靠务农，而是打工和做生意。农活，离新一代的村人越来越远。我小时候，还要干割草、拔秧等农活。而我的小女，今年7岁了，哪还用得着割草、拔秧呢？他们将与农活无缘了。

就在我写下这样的文字时，今年的春蚕种又发下了，父母又养了一张春蚕种。前一天回家，母亲告诉我，蚕已经"二眠"了，就要吃"出

---

[1] 亩：地积单位，1亩约等于666.67平方米。

火"了。我想：此刻，父母又该为摘桑叶、喂蚕、消毒而忙个不停了吧。

每当此时，油菜又要成熟了，稻谷又要下种了，拔油菜和做秧田，与摘桑叶喂蚕同时进行，这是名副其实的农忙季节。这样忙着的，只有村里的老人们，像我父母一样的五六十岁的年纪。年轻人，这样的农活，早已吸引不了他们的注意力，也引不起他们的兴趣。

市政府宣布不再收农业税，国家不再收农民的一分钱，这是破天荒的大事：国税历来被称为是天经地义的事，如今连这也取消了。这当然是调动农民种田积极性的大举措，农民拍手称快。在全国，我所在的浙江省是最先取消农业税的省份之一。不但不收农民钱了，还给农民种田补贴：我们村里，达到五亩以上的农户，每亩政府补贴五元人民币；达到五十亩以上的，每亩补贴十元等等。尽管如此，村里的人还是不愿种田，种田最多的，仍是那些外地来的种粮大户。

现在，市里正在进行大城市建设，附近农村的土地被大量征用，人们被集中到"前村社区"（新农村）。这样，农村将变成城市，农活更将淡出村人的日常生活。我老家所在的村，还没被征用，所以父母还在摘桑叶、养春蚕，但这样的日子不知道还有多久，村庄随时会被征用。农活，将成为一道远逝的风景，成为农人记忆的一部分。那时，与年轻的下一辈谈起艰辛的农活，也会透出几许亲切和温馨来。因为，那曾是我们生命中最重要的部分。

母鸡与公鸡

一

母鸡才下了二十几个蛋，便不再下蛋，要孵小鸡了。母亲说，孵小鸡也是母鸡生的一种病，要等它自然好，起码一个多月。于是她便要父亲把那只孵小鸡的母鸡捉起来，用脚桶罩住，这样不吃不喝饿上一个星期，再放出来，母鸡就醒了，不孵小鸡了。如此，可以提早让它下蛋。父亲便捉母鸡，母鸡"咕咕"地大叫着，扑扇着翅膀从窝中飞逃出来。父亲没捉住母鸡。一会儿，等父亲一走，母鸡又钻进窝中，孵起小鸡来。

母亲很气愤："窝里又没有蛋，孵啥呀！"母鸡下的蛋，都让家人给拿走，当菜吃了。

父亲又去捉，这回把母鸡给捉住了，罩在了脚桶底下。

父亲心肠软，只罩了三天，便把母鸡给放了出来。母亲下班回家，见父亲放了母鸡，一个劲地埋怨。父亲辩解说："我怕它饿死渴死，才放的。不吃不喝已经三天了。"

"你看，放出来它马上又钻进窝里去孵了，三天功夫它不会醒的。"

父亲无奈，只得又去捉母鸡。

这次母鸡有了经验，父亲没捉到，又让它"咕咕"叫着，扑扇着翅膀飞走了。

一连捉了几次，父亲都没捉住母鸡。后来，便索性懒得管它，不捉了。任由母亲唠叨埋怨。

母鸡一直没醒，在窝里孵着。

"没蛋，孵个啥呀！"父母都这样说母鸡。

一个月后的一天。我听到鸡窝里有"唧唧唧"的小鸡叫声。开始，我怀疑自己的耳朵听错了，自己家没小鸡，哪来的小鸡叫声？仔细一听，确实有小鸡叫声。莫非母鸡孵出小鸡了？

我三步并作两步地飞奔过去，往鸡窝里一看，真的有一只毛茸茸的黄色小鸡在母鸡身边打转，"唧唧唧"地叫着。

"啊，母鸡孵出小鸡了！"

我高兴地蹦跳起来，大声喊着。父母听到我的叫喊声都不相信，跑来看个究竟。眼前的景象让他们惊呆了。

"没有蛋怎么也会孵出小鸡？"父亲问。

"也许是它后来下的蛋，也许是别的母鸡下的蛋。"母亲猜测道。

"早知道这样，上次它孵时，多给窝里放几个蛋，现在也都出来小鸡了。"父亲遗憾着。

"上次不叫你捉它就好了。想不到，这样孵孵停停，小鸡也出得来。"母亲也很后悔上次的举动。

父亲把手伸进窝里，仔细看了看，见一只小鸡活着，一只小鸡死了，还有一个蛋，小鸡把蛋壳刚啄了个洞，不久也便要钻出来。

母鸡要孵小鸡不下蛋，家人很生气。没想到它却带来了两只小鸡，给家人带来意外的惊喜。同样是母鸡要孵小鸡的事，人的心情，前后却迥然而异。悲与喜，在不知不觉中转化。世上其他的事情呢？是不是也像这件事一样，可以给人完全不同的两种心情？我想，也许真的是如此，只是一开始我们没有看到事情的另一面，只被事情的一面迷惑住而已！

二

母亲打算让母鸡多孵几只小鸡，在昏暗的洋油灯下，母亲把一个个鸡蛋对着灯光逐一照看过，确定每个蛋都"有雄"（受精）后，便小心谨慎地放进铺有破草席的竹筐中，再把要孵小鸡的母鸡抱进去，上面用另一只竹筐罩住。为了不让外面的光线进去，竹筐上又蒙上旧衣裤。于是孵小鸡的工作便开始了。

孵小鸡并不只是母鸡的事。母亲每天晚上都要把母鸡抱出来，放到地上让它吃食，旁边还放着一碗水，母鸡吃好谷后，又去喝点水。每次去抱母鸡，母鸡都用尖尖的嘴啄母亲的手，一不小心就会被啄伤。母亲说，母鸡不让人动它，是怕人家动它的蛋。好不容易放到地上，母鸡对地上的谷粒也往往是视而不见，立刻"咕咕咕"地朝刚才孵小鸡的筐跑去，一不留神它就飞上了筐沿，自个儿又钻进筐中去孵小鸡了。这个时候，母亲便站在筐边，挡住母鸡的去路。母鸡来回走了几圈，见无法突破防线，只得不情不愿地吃起食来。没吃几粒，就又"咕咕咕"地朝筐里跑。母亲照样拦在那儿，她要等母鸡拉下鸡屎后才让它进去。母鸡"咕咕咕"急切地在筐边跑来跑去，那情景让我想起怀孕的女人。是的，孵小鸡的母鸡，就是位怀孕的母亲。孵小鸡的过程，就像怀孕的过程。

如此几十天后的一个晚上，我和母亲照例去给母鸡喂食。我又习惯地摸出一个蛋来放在耳边听，我听到了轻微的"笃"的一声，接着，又是"笃"的一声。我惊喜地让母亲听，母亲说那是小鸡在蛋里啄蛋壳的声音，小鸡就要出世了。第二天，蛋壳破了一个小洞，从小洞中往里看，可以见到小鸡尖尖的嫩嘴。又过了一天，小鸡出世了，叽叽叽地叫着，很是惹人喜爱。这是多么的不可思议啊，一个混混沌沌的蛋，让母鸡孵了几十天，就变成了一只长着黄色的毛茸茸羽毛的小鸡。

新生命的诞生竟是如此的简单！第一只小鸡一出世，母鸡更没心思吃食了。小鸡叽叽叽的叫声，仿佛一根弦，拨动了母鸡爱的神经，让它没啄上两粒谷就往筐里跑。

小鸡全出世了。太阳高照，非常暖和的中午，母鸡领着一群小鸡在门前的桑地里觅食。母鸡"咕咕咕"地叫着，它的叫声响到哪，小鸡们就跟到哪。母鸡就像是位幼儿园的老师，领着许多孩子在田野里散步。这时，如果有另一只母鸡走过它们的身旁，母鸡就会竖起颈上的羽毛，像位发怒的士兵向来犯者猛冲过去，以迅雷不及掩耳之势，将另一只母鸡驱赶走。这时的母鸡，哪怕危险再大，也会挺身而出。

一次，我见一只公鸡啄着一只小鸡，小鸡"叽呦"一声尖叫逃走了，弱小的母鸡气势汹汹地赶过来，颈上的羽毛竖起，照着公鸡就是一口。说来令人难以置信，平时高大健壮、威武傲慢的公鸡，竟然毫不反抗地灰溜溜逃走了。母爱力量的强大，并不只是我们人类独有，渺小如鸡这样的动物，母爱也表现得轰轰烈烈，淋漓尽致。

一天黄昏，夕阳照在西边的篱笆上时，我第一次见母鸡啄着自己曾精心看护的小鸡，原因是小鸡跟它抢食吃。我觉得很奇怪。几天前，当母鸡找到好吃的食物时，还"咕咕咕"地叫唤着，把食物啄起又放下，要留给小鸡吃。可短短几天过去，母鸡的表现竟迥然不同，简直是天壤之别。难道鸡们也真的信奉"人为财死，鸟为食亡"吗？

开始是为了食物，母鸡才把小鸡啄去。可小鸡们仍时不时围着母鸡，想钻进母鸡宽大暖和的翅膀中去嬉戏。母鸡终于不耐烦了，它要独自去觅食，恢复以前的生活了，只要有小鸡靠近它，它就像不认识自己的孩子一样，马上啄小鸡的头，把小鸡赶走。一次，二次，三次……母鸡的爱似乎用完了，留下的只有恨，只有无情。小鸡们委屈地被啄几次后，渐渐地不再靠近母鸡。后来，小鸡们学乖了，习惯了独自生活，不再跟着母鸡的屁股转。小鸡们各自去觅食，各自去玩耍。它们现在已经完全走出了母鸡的视野，它们要去寻找更加广阔的天地。

常听到这样一句话："谁不爱自己的孩子，母鸡也会爱小鸡。"是啊，母鸡是很会爱小鸡的。可自认为万物之灵的人类，有许多人却不会爱自己的孩子。爱孩子，却不会正确地爱，爱往往会变成害。现在的孩子，爷爷、奶奶、外公、外婆，他们把孩子都当宝贝似的护着，于是孩子成了小太阳，大人们成了围绕太阳转的小行星。等到孩子长大上大学了，却还要父母陪着去学校报到，帮忙铺床叠被，料理起居。等到孩子分配工作，找对象谈恋爱了，大人们还是把他（她）当作小孩，对他（她）的衣食住行严格监视着，当然一切都是在神圣的爱的名义下进行。

这爱，像牢笼，却比牢笼更不易打破，因为其四壁不是砖头做的，而是无形的压力做的。这爱，就像笑里藏刀似的，让你在窒息的同时，还得跪着对行刑者表示感谢！邻村的一位二十出头的女青年服甲胺磷农药自杀了，原因是父母不同意她与另一村的小伙谈恋爱。当看到这样的悲剧发生，我就想起母鸡啄小鸡的一幕，我忽然顿悟：母鸡无情地把小鸡啄走，表面看是爱的丧失，其实这是更深层次的真爱！

最深最真的爱，不是占有，不是支配，不是看护，不是帮助，更不是禁锢，而是给对方最大的自由——让对方真正独立自主地生活！母鸡对小鸡的爱，给了我启发。我们应该低下头，谦虚地向身边的动物朋友们学学，至少向母鸡学学怎样爱孩子，总是有益的。

三

母鸡会下蛋，带给人们的是实惠。不像公鸡，光吃不下蛋。所以，农家养鸡，都喜欢养母鸡。在买小鸡时，往往要叫卖者挑选大一点的母鸡，而公鸡尽量的少。并且，公鸡一旦长大，要么自家宰了吃，要么去集市上卖掉，不会白白地养它。只剩下一两只公鸡，过年过节时派上用场。尽管如此，可人们注意的往往还是公鸡，而不是母鸡。

公鸡公鸡真美丽，大红冠子花外衣，

油亮脖子金黄脚，要数漂亮我第一。

　　小学课本上就有这公鸡，直到今天，我还能把这首童谣熟练地背出来。一背，眼前就马上出现了那只骄傲自大的公鸡。

　　公鸡有什么值得骄傲的呢？我想，漂亮是其一，另外还有很重要的一点，那就是它会司晨。每天天还没亮，公鸡就"喔喔喔"地啼叫起来，这啼叫声预示着黎明的到来。因此，公鸡往往与黎明联系在一起，"雄鸡一唱天下白"，就是对公鸡由衷的赞叹。

　　文学作品中，写到的大多也是公鸡。《水浒传》中，石秀、杨雄、时迁三人夜宿祝家店，因时迁偷了店中的公鸡，拔了毛，煮熟撕开吃了，结果被店小二发现，石秀好意赔他钱，店小二却道："我的是报晓鸡，店内少它不行，你便赔我十两银子也不济，只要还我鸡。"可见，在没时钟时，公鸡是被当作时钟来用的。只因一只小小的公鸡，却引出了梁山好汉三打祝家庄这样轰轰烈烈的惊人事件。《西游记》第七十三回，讲到孙悟空与黄花观道士打斗，因敌不过道士胁下一千只眼中迸放的金光，得到黎山老姆的指点，前往紫云山请毗蓝婆菩萨帮忙。毗蓝婆用的兵器是根绣花针。这根针是毗蓝婆菩萨在她儿子昴日星官的眼里炼的。她也是用这根绣花针，收了道士，因此孙悟空笑道："昴日星官是只公鸡，这老妈妈必定是个母鸡。鸡最能降蜈蚣，所以能收伏也。"这里，倒把公鸡、母鸡都说到了，吴承恩真不愧是文学大师，把鸡吃蜈蚣这样简单的事实演绎成一场生动的妖魔打斗的故事。

四

"奶奶喂了两只鸡呀。什么鸡？什么鸡？大公鸡和大母鸡呀！"

小时候，很爱唱这首儿歌。每当我独自唱起这首儿歌，母亲如在身旁，她也会和着我唱。我感到很奇怪，母亲怎么也会唱这儿歌？在小孩的眼里，大人是不会唱儿歌的，我从来没有听到大人们唱过儿歌。母亲便和蔼地告诉我："我像你这样大的时候，也爱唱这首儿歌，所以你一唱我就想起来了。"

原来，这首儿歌已经产生许久了。

原来，母亲也曾像我这样小过。

我觉得不可思议，很难想象母亲像我这样小时的模样。母亲好似读出了我眼中的不信，便独自唱起来：

"奶奶喂了两只鸡呀。什么鸡？什么鸡？大公鸡和大母鸡呀！"

生命就是这样的么？在唱着同样的儿歌中，不知不觉地由童年走向了成年！那么，这儿歌便是生命了。我相信，这儿歌中一定有一种能超越时空的存在，要不然，为何唱着唱着便长大了呢？母亲会唱着长大，我也会唱着长大，将来我的儿女也同样会唱着长大！

这"大公鸡和大母鸡"的儿歌，让我读懂了生命的短暂易逝，同时也让我读懂了生命的绵长永恒！在同一首儿歌中，让我读出了完全不同的两种感受。也许，这就是生命，处处充满着矛盾……

过路人

　　一堵一人多高的围墙把校园同外面的世界隔开，进了校门仿佛进了另一个世界，这里宁静、纯洁，而外面却喧哗、复杂。

　　我时常站在校门口，朝着操场凝望，久久不愿离开。对于外面的世界来讲，我感觉自己像是一个旁观者。

　　东面的十字路口有一个小店，店外有一个书摊，那里挤着好多年轻男女，他们都在争先恐后地租借新的武打、言情小说。气氛热烈，有说有笑。我看见一个穿着牛仔服的苗条女郎笑得弯下腰，捂着肚子；一个戴着耳机的小伙怡然自得地欣赏着音乐，一双手还不停地翻着一本书……不远处站着一个四十岁开外的男子，他穿着破旧的蓝色中山装，拿着插满冰糖葫芦的草杆，等着有人来光顾，不知是岁月使然，还是贫困使然，他的脸上除了悲戚以外，还显露出麻木。

　　叮铃铃，一声清脆的自行车铃声响在耳边，只见一个留着长发的靓女骑着红色自行车向西而去，转眼就在墙角拐了个弯，不见了。

　　这时，走来一队上茶馆的老头，他们大多满头华发，但有几个还是很硬朗，显得精神矍铄。他们每人挎着一只杭州篮，那小巧玲珑的篮里有的空着，有的放一两件小物品，都是无关紧要的东西。我很羡慕他们，因为他们已经经历了风浪的洗礼，到达了人生的彼岸，不再有生命的迷惘和各种各样的欲望。他们除了快乐地度过晚年之外，还有什么更大的欲望呢？而我，却正年轻，是风华正茂的时候，能保证自己不被欲望诱惑，迷失了方向吗？他们虽然快走到人生的尽头了，但正因如此，才有一种坦然的悲壮之美。如夕阳，下山不是永久的消失，而是力量的凝聚，等待黎明的喷薄而出。我相信，人老了走向坟墓，是一种自然规律，这不是死亡，这是走向永恒的大门……

"嘀——嘀——"一个戴着摩托车头盔，西装革履的中年男子，一溜烟似的从眼前一晃而过，像一阵风，来无影去无踪；又似一幕戏中的演员，上台又下台。

迎面走来两个乞丐，都是蓬头垢面、衣衫褴褛。一个是六十岁开外的老头，佝偻着背，拄着拐杖，左手拎着一只破篮，篮里放着几个肮脏的馒头，肩上背着一只破皮包，从敞开的拉链可以看到里面放着一些米。另一个是比他稍年轻些的老人，瘦骨嶙峋，像是冬天里的柳枝，在风中瑟瑟发抖，两眼露出无奈而又疲惫的神情，茫然地注视着前方。近了，近了……渐渐地又远去，远去，走到视野之外。

哪里来的小孩的哭声，只见一个年轻男人搂抱着小孩向医院飞奔，后面跟着一个面色焦急而又恐慌的女人，这大概是小孩的父母了。

一个又一个的人从我眼前过去了，我像是电影院中的观众，看得迷醉，看得忘己。眼前的生活不正是最生动、最逼真的戏吗？我感到一阵激动，这一个个或喜或悲、或老或少的过路人，都是生活在这个大舞台上的匆匆过客。我突然顿悟：无论你是谁？在什么地方做什么事？这一切都无关紧要，重要的是你对待眼前生活的态度。假如你爱眼前的生活，你就是一个真正意义上的人，也必将是一个幸福的人。

我不也是一个过路人么？

虽然现在我在校园内，但对于校园本身来说，我确实也是一个过路人，终有一天我会离此而去的，只不过他们从我眼前是一闪而过，我在校园里却有几十年的时间。同样是过路人，我没有理由嘲笑他们，也没有理由自暴自弃。

这样想着，我又回到了自己的办公桌前，翻开书，拿起了笔……

碎影

童年已经离我而去，但童年的一些记忆却清晰如昨。

那时，我和哥哥经常去屋后的小河边洗碗，洗碗是我们小孩主要的劳动之一。有一次，一只漂浮在水面上的碗被我用手指用力一撮，就一直沉到水底的石头上，碗碎了，却碎成有规则的两半。哥哥将碗从水中摸起来，又把两片合拢，再轻轻地放到水面上。手移开时，奇迹出现了：碎了的碗又重圆了！这是个美丽的诱惑，一只碗浮在水面，看起来很完整。我们走开时，把这事就忘了。太公去河边洗脸或拎水时，老远就发现了水面上浮着一只碗。那时，碗很贵。太公就赤脚下水，想方设法把漂浮在河中央的碗捞上来。等他把碗拿起来，碗却碎了。巧的是，一连三天都是如此。太公发火了："这两个小把戏，把两片破碗并拢起来骗我。再这样搞下去，碗要碎完了。"我和哥哥笑着逃开了。

同村的小孩们有段时间流行起了"来四角"。四角是用二张纸折成的，有大有小。游戏时，大家把各自的四角埋（放）在地上，由猜拳决出谁第一个拍，谁第二个拍，谁第三个……拍时，把谁的四角翻个个儿，谁的四角就归拍者。我们劲头都很大，几乎天天都来玩。而且，把写过字的废纸几乎都折成了四角。一次，我和哥哥赢了许多四角，足足有一篮多吧。这么多的四角，怎么藏呢？哥哥说："把它们都埋到泥里去，谁也找不到，明年再挖出来玩，不是很好吗？"我同意了。

两人就这样兴高采烈地做了一件蠢事。等到第二年，我和哥哥想起藏在门前桑地里的四角，再去挖时，哪有四角的踪影，它们早已腐烂完了。

端午节前后，几乎家家户户吃灰鸭蛋（咸鸭蛋）。一天，我和哥哥吃完了一个灰鸭蛋后，发现蛋壳除了大的头敲了一个小洞外，几乎完好无损。突然之间，我们有了个骗人的想法。我把蛋壳有洞的一头朝下，端端正正地摆在门前桑树地的柴草旁。远远望去，俨然一个新鲜鸭蛋的模样。太公发现了，忙不迭地去捡，拿起来一看，是空壳。我和哥哥大笑，于是太公发觉上了我俩的当，笑骂着把蛋壳踩得粉碎。虽然上过一次当，但太公并不吸取教训。有趣的是，他一而再、再而三地上我俩的当。我和哥哥乐此不疲，为自己恶作剧的成功而开心。

童年是开心的，无忧无虑的。可回忆起来，也只是一些零碎的片段。虽然是碎着的片段，但终究有一点快乐，比起成年后的生活，多了那么一点儿温馨。

二

太公去世已整两年多了，可我对他的记忆却一直历历在目。

太公是 1900 年（即光绪二十六年）出生的，直到 1995 年寿终正寝，享年 96 岁。

太公没有留下什么，他一生一贫如洗。当然，也没负什么债。

今天，我望着他唯一的一张照片，不禁感慨万千。我曾替他拍过照，准备留作纪念。可惜那是我第一次拍照，根本没装好胶卷，等洗出来一看，一张也没有，整卷的空白。我傻呆了，一句话也说不出，对他只得说谎，说是让照相馆曝光了，准备有机会时，再给他拍一张。没想到我竟永远地失去了给他老人家再拍一张照的机会，他于次年夏天撒手西去，此事成了我终生的憾事。

这是一张放大到十寸的黑白照片。太公慈祥地笑着，露出了仅剩的两三颗残齿。他的目光是那样祥和，又是那样深邃，犹如深不见底的一潭清水。他的脸是那样瘦，用瘦骨嶙峋来形容也一点没有夸张。脸上的皱纹是那样多，那样深，犹如布着一张渔网，又似水乡里纵横的渠道。这是岁月之刀，深深地刻在脸上的印记。

太公经历过清王朝的覆灭，经历过军阀割据的混乱，经历过八年抗战的硝烟，经历过解放战争的风雨。龙旗，太阳旗，五星红旗，次第从眼前飘扬过。他的一生，历尽了二十世纪的风风雨雨。他的这张已经开始有点褪色的照片，不正是时代的风雨图吗？

三

又是一年一度的中秋佳节。

与往年不同的是，今年中秋节的后半夜将发生月全食天象。据天文台计算，月全食将于后半夜 1:08 开始，一直持续到凌晨四点多。我看到过日全食，但从来没有看到过月全食，更没看到过中秋之夜的月全食。

夜幕降临，圆圆的中秋月较往日格外明亮，大地照得一片银白。原来隆隆绸机的声消失了，四周异常寂静。与未婚妻站在阳台上，临着风，望着浩淼无垠的太空，不觉有"前不见古人，后不见来者"之慨。"月到中秋分外明""每逢佳节倍思亲"，月亮给人们以几多思念，几多辛酸，几多回首！远在石头城求学的哥哥，你此时此刻，是否也在望月，遥念家乡的父母兄弟呢？

我不习惯熬夜，喜欢早睡。于是决定先睡，之后再观月全食。

醒来已是半夜 1:50，原来亮晃晃的窗外变得灰蒙蒙的，伸手只可模糊地看清手的轮廓。我知道月全食已经发生了。来不及细想，衣也没披就冲出屋门，来到阳台上。只见满天星斗，闪闪烁烁，一钩窄窄的弯月，悬挂于西南的天空。

一阵寒风袭来，砭人肌肤。我顾不得寒冷，仰头细观。月只剩下了一点点弯眉，光线暗淡得若有若无。望四周，田野里的一切模模糊糊，朦朦胧胧，仿佛笼罩着一层薄薄的纱衣，有一种轻轻的不真实感。我仿佛来到了一个世外桃源，那里的一切都闪着奇异诡谲的色彩。

渐渐地，弯眉消失了，大约凌晨 2:45 的时候，月亮被完全吞没了。在屋里，伸手不见五指。很快地，月亮又露出了一丝亮光，仿佛婴儿努力挣扎后发出的第一声啼哭。令人激动、欣喜、兴奋……

读月，犹如读一本书，读一枚古钱币，读一幅水墨画。我于一夜之间，看遍了月的阴晴圆缺。

中秋月，年年在赏。而今年的中秋，给我以更多的思索，更多的启迪。

四

那年，哥哥以三分之差，没有考上中专，破灭了父母让儿子"跳农门"的愿望。而一些原本比我哥哥成绩差得多的同学，都过了中专分数线，全家脸上都洋溢着甜酒酿般的微笑，风风火火地摆酒宴庆贺，风风光光地迁户口和粮油关系，从此成为村人羡慕的"居民"。哥哥所受的心理打击，无疑是巨大的。哥哥什么也不说，只是睁着红肿的双眼，整日郁郁寡欢。

我知道，在无人注意的黑夜，在寂静的晚上，哥哥偷偷地独自哭泣着。要强的哥哥，不让别人看到他的软弱。其实，这一刻，哥哥最需要的是安慰和帮助。然而，我太小，还不知家里发生了什么事，更别说一句安慰的话了。

三年后的七月，哥哥高三毕业去另一个大镇的中学参加高考。临出门的最后一个星期天早上，母亲早早地用米粉做了一碗比莲子还小的圆子，让哥哥吃后再去学校。母亲说，这是"顺风圆子"。意思是祝哥哥考试一路顺风。

哥哥考试回来那天清晨，父亲特地起了个大早，摸黑上街去买了肉、榨菜、皮子等原料。下午，哥哥还没回来，家里就忙开了。父亲在砧板上剁肉馅，两把刀左右开弓，刀与砧板发出的"咚咚咚"的响声富有节奏感，悦耳动听。肉虽小，但想着能吃上可口的馄饨，我便馋得直流口水。那时，改革开放不久，农村还很穷。一年三百六十五天，只有大年初一这天的中午，才能吃上一顿馄饨。吃馄饨，成了过年的象征，小小的馄饨，洋溢着小孩过年的快乐、幸福和希望。父亲在剁肉馅时，我一直在旁边睁着好奇的眼睛，奇怪着父母突然之间的大方和慷慨。印象中，父母总是省吃俭用，舍不得多吃一口饭，舍不得多花一分钱。今天，竟要吃馄饨，这是什么大节日呀？问父亲，父亲回答说：今天是你哥哥考大学回来，这是为他准备的。考大学和吃馄饨有什么关系呀？我依然迷惑不解。父亲告诉我：包馄饨，就是"包好"，就是包哥哥考好的意思。

对儿子的爱，父母从来不放在嘴上；对儿子的管教，也从不采取打骂的方式，而是通过自己的行动来默默地体现。一碗"顺风圆子"和"馄饨"，寄托着父母全部的爱、关心、希望。这种无声的爱的教育，是哥哥和我取之不尽、用之不竭的力量源泉，就像普照大地的阳光一样，令人感到无比的温暖和温馨。

　　那一天，因吃上了丰盛的佳肴——一碗馄饨——而使全家充盈着过年一样的欢乐。十多年后的今天，馄饨成了普通饭菜，失去了过年赋予它的尊贵地位，想什么时候吃都行。馄饨，再也勾不起人们多大的食欲。可我对那年父母给哥哥准备的那一碗馄饨，始终记忆犹新，不能忘怀。不知已经博士毕业在比利时工作的哥哥，此时此刻是否像我一样还记得那一碗平常的馄饨？是否还记得当年考大学的日日夜夜？小小的馄饨，折射出时代的烙印，折射出父母深深的爱……

难识桂树

一

最早听说桂树，是在神话故事中。传说月亮上居住着嫦娥，还有与她为伴的蟾蜍、白兔和桂树。不知何时，月亮上又多了一个人：吴刚。而他也不知是为了什么，老是与桂树过不去，天天在砍伐桂树。吴刚伐桂的故事，给我的印象很深，从小到大一直都记得清清楚楚。

记住桂树的另一个原因，是因为一个成语：蟾宫折桂。蟾宫，即是月亮。折桂，大人说是考取了功名，拿第一。大人们说这个成语时的神态很奇怪，充满了羡慕之情。小时的我，并不知功名为何物，但拿第一是懂的，因此，在读书时，总想考个好成绩——得个第一名。第一名确实也拿过，但一直不知道这算不算是"折桂"。

长大后，读了很多的书，才弄明白"蟾宫折桂"的真正意义。《晋书·郤诜传》：

> 武帝于东堂会送，问诜曰："卿自以为何如？"诜对曰："臣举贤良对策，为天下第一，犹桂林之一枝，昆山之片玉。"

后来人们就以"折桂"比喻科举及第。原来在人们心目中，拿第一，考得功名，就是为了做官。早知如此，不"折桂"也罢。如今，拿第一并不意味着做官，因为科举制度早就被废除了。

桂树真是有福。也许是沾了"桂""贵"同音的光吧。在中国，折桂是拿第一的象征，令人羡慕。在古希腊，用月桂树叶编成的帽子，来授予杰出的诗人或竞技的优胜者，因此，"桂冠"成了欧洲人光荣的称号。古今中外，人们不约而同地把桂树当作光荣和荣耀，这不能不令人深思，是何原因使不同肤色、不同民族、不同国家的人，都做了相同的决定呢？我虽然无法知道，但我相信，其中一定有某种深层的原因。折桂和桂冠，与其说是一个偶然，还不如说是一种历史的必然！

二

一直生活在闭塞的农村，虽然早就听闻桂花的大名，可就是无缘认识桂树。

1991年下半年，我被调入戴山乡中心小学任教。乡中心小学坐落于戴山西山脚下，环境优美，风景宜人，是一座花园式校园。

我虽然有幸在这样的学校任教了四年，但只识得架子上旺盛的葡萄树，平台上碧绿的橘子树，围墙边开着粉红色花朵的桃树，以及墙壁上生命力极强的爬山虎，台阶旁高大挺拔的雪松和周围美丽的广玉兰。只是，朝夕相处的许多桂树，我有眼不识泰山，竟对面相见而不相识。

一次，同事Z无意中说起，这校园中有桂花树。我问："桂花树在哪？"她指着眼前的几棵一人多高的小树说："那就是桂花树！"我惊讶地瞪大了双眼，疑惑地问："这就是桂花树？""是的，这真是桂花树！"我还是不敢相信，那棵树太平常了，毫无奇特之处，与桂花的盛名极不相称。"你说这是桂花树，怎么没见它开过？听说桂花很香很香的。"她也不知道为什么不开花，无法回答我的疑问。

这几棵树太不起眼了，只见小小的枝干，毫无青松的挺拔秀美；常绿的树叶，不像松针那样小，也不像橘树树叶那样大，毫无惹人注目的特点；树干外表粗糙，也无招人流连的长处。

四年中，我没见它们开过一次花，因此我更怀疑了。离开这学校时，我甚至坚信，这几棵树不可能是桂树。因为桂树是那样的有名，"蟾宫折桂""桂冠"说的都是桂树，而桂花更是令人神往。"兰叶春葳蕤，桂华秋皎洁"（张九龄《感遇》）。在诗人的心目中，桂花是与兰花齐名的，而又有谁不知幽兰的芳香。

桂树以桂花出名，在我的心目中，桂花不是广玉兰那样大，至少也该有桃花的大小，最不济总还有油菜花般大吧。桂树，也该有一个美丽漂亮的外形，或者像雪松一样以威武压倒一切，或者像芙蓉一样以花的烂漫夺人眼目，或者像牡丹一样以雍容华贵闻名于世，但它绝不会是眼前这样一副无精打采的模样。

桂树，你究竟是何模样？桂花，你究竟是何模样？

三

1995年下半年，我来到我小时候的母校任教。李老师告诉我，教学楼前面的两棵树，就是桂花树。

令我感到沮丧的是，这两棵树与乡中心小学中同事Z告诉我的那几棵树一样。不，这两棵树还不如乡中心小学中的那几棵树来得有精神。李老师告诉我，也许是这儿的泥土不好，太贫瘠，这两棵桂树一直不发，半死不活的，但去年倒也开过花了。这两棵树叶稀稀拉拉的树，明显地呈现出一种病态。这就是桂树？这树也会开花？

两个月后，奇迹出现了。我经过桂树，在稀稀拉拉的树叶间，闻到一股浓浓的芳香。走近一看，见枝叶间开着几朵嫩黄色的小花，用手摘下几朵，放近鼻前闻闻，一股怡人的芳香沁入鼻中，进入肺腑。

李老师说，这就是桂花！

原来桂花是这样的，只有米粒大小。它毫不起眼，一如它的母亲——桂树。怪不得历来的文人们总是喜欢把兰桂放在一起，桂花与幽兰，确实有共通之处：它不像桃李般争春，也不像菊花样灿烂一大片；它不以色媚人，也不以形骄人。它只以自己独特的芳香撩拨人的心弦，使人为之动容，为之感怀。

桂花的色，黄而淡，不媚俗；桂花的香，浓而不腻，不令人厌。桂花，实在是花中的谦谦君子！

四

去年春节，我花十元钱买了一棵小桂花树，把它种在自家的庭院中。

小桂花树只有半米多高，比起乡中心小学中的那几棵桂花树来，它小得多。我以为，要等许多年以后，才能在自家的庭院中一睹桂花的芳容。岂知，种下去没三个月，就在春寒料峭的春天，它竟开出了一朵朵小花。花，先是雪白的，无香味；后来慢慢转成嫩黄色，香味渐浓。

妻子怀疑这次是上当受骗了。"这不是桂花树！"她说。理由是，一首熟悉的歌中就唱道："八月桂花遍地开。"而现在是三四月的春天，它却开出了花。桂花有春天开的吗？桂花有白色的吗？

有，答案很肯定。我是集邮爱好者，在桂花的小行张中，桂花有四种，其中就有银桂和四季桂。这次，我坚信自己没上当，只不过我家的桂树，与学校中的桂树品种不同而已。那么，它是银桂？但银桂的花朵是白色的，而我种的这株，花朵后来又转成了黄色。银桂花会转变颜色吗？应该是不可能的，那么这株桂花很有可能就是四季桂。

　　事情不出我所料，六七月已是炎炎的夏日，庭院中的桂树再次绽放。树虽小，开的花也不多，但走得近的话，你还是能闻到它特有的香味。如果在秋天八月份的时候，它还会开放的话，那它是四季桂无疑。令我高兴的是，八月它又如期开放。

　　一切显得很正常，好像没什么事了，庭院中的桂树是四季桂。桂树长得很快，短短一年时间，长高了一倍多。今年的夏天，桂树又给了我一个意外：六月底七月初，它开出了像油菜花一样大小的花。这样大的桂花，我还是第一次看到。这次，母亲也有点怀疑了，说桂花这样大的没见过。可我仍相信，这是桂花。因为它的树形依旧，它的花香依旧，它的花色依旧。

　　尽管如此，我也没有百分之百的把握，因为我毕竟没能找到桂花有如此之大的书面记载。"这是棵桂树吗？桂树究竟是什么样的？"我不得不无奈地追问一句。

　　真是难识桂树！

泥面下的生活

播种，在五月下旬做秧田的日子里，大多是父亲的专利。

以前，我也偶尔帮父亲播种过。当赤脚站在烂泥沟中，均匀地撒下谷种时，感觉特别美好。我一点也不觉得累，相反，我有一种格外的轻松感。播种，其本身就非常有意思。一年的丰收就是靠这动作撒下去的，一年的希望就是这样撒下去的。能够预期到眼下所做的事会有一个非常美好的结局，那么，人往往就能忍受眼下任何的艰难困苦和辛劳。播种，无疑是这样的事，会令人忘记了腰酸腿疼。

父亲在田里干了一整天，到天快黑时，别人已经吃好晚饭了，他还没有收工，他还在做播种的最后一道工序——用铁铲把谷种压入泥中。以前村人都不这么干，都是两人用一块长方形木板合作完成。两人各拿木板的一头，都站在烂泥沟中，然后把木板放在已撒好谷种的秧田面上，一同按住木板，缓缓地往前移动。这是一种技术活，一手按紧木板的后沿，让它把谷种压入泥中，另一手要用力在木板的前沿，尽量让木板的前沿向上高高翘起，以免把谷粒推拢。两人做秧田，比较快，但父亲宁愿自己辛苦，也不叫我帮忙。父亲就是这样，爱子女爱家人，却从不放在嘴上，而是放在无言的行动中。在他默默的行动中，让你体会到深深的父爱，让你感动，让你激奋。

父亲干活的动作很缓慢，就像是蜗牛在爬行。对这一点，母亲特别不满意，为此曾无数次争吵过，从美貌的青春年龄一直到生出白发的老年。但有一点是村人一致公认的：父亲的活干得最好。无论做什么事，父亲都力求精益求精，做得让自己放心为止。也许，正是这种精益求精的想法，才使他降低了做事的速度和效率。我不知道，在质量和效率上有没有最佳结合的可能。我见到的，要么像父亲那样有了质量却没了速度效率，要么是像大多数村人那样有了效率却没了质量。社会上假冒伪劣商品的增多，无疑也是要效率而失去质量的表现。

从清晨开始，父亲一丝不苟地拔油菜，为播种作准备。油菜本来可以用镰刀割，但为了做秧田，不能留下油菜根，父亲只得用手拔。拔完油菜，第二步是把拔下的油菜搬走，堆拢，空出秧田面积。接着放进水。别的人家，放水后都叫阿六用拖拉机耕，这样比较快。父亲则不叫拖拉机耕，他总是用自己原始的铁耙垦田。村人都说父亲是想省这几块钱才不叫拖拉机的，对此，我不敢苟同。我相信，父亲不会吝啬那几块钱，他一定有这样做的道理和理由。我没问，可我似乎也知道，父亲，是想用自己的手真正地播一次种，一年才一次啊，怎能轻易放弃呢！

每次看父亲播种，我都激动不已，浮想联翩。父亲赤脚站在烂泥中，一手拎着放谷种的红色塑料水桶，一手拿着一把在水中浸过加过温，已钻出细白的芽的谷种，慢慢地，一边后退着，一边均匀地用力撒谷，背景是火红的夕阳、村中袅袅升起的炊烟以及一阵阵的狗吠声……这是一幅乡村田野中的春播图，多么沉静、优美，多么深远、辽阔……我看到，父亲撒下去的，不仅仅是一粒粒的谷种，更是一句句的诗句，一个个的音符，一片片的色彩。此刻，我觉得，父亲成了一位田园诗人，一位大地的歌者，一位乡村的画家。

我看到的，是泥面上的事情，是泥面上的生活。更令人惊奇、兴奋的是泥面下的生活。谷种撒下去被压入泥中后，父亲便不再管它。最多挑一担稻草灰撒在秧田面上，以防止麻雀偷吃谷种。谷在泥面下，是如何生根，如何发芽的，父亲不知道，也不可能知道。撒下去的谷种，在太阳暖暖的照耀下，三四天后就长出青青的尖细的秧苗，像牛毛，像缝衣针，这是一件多么令人激动的事啊！可我，却无法看到泥面下的事情，泥面下的生活。这令我感到沮丧、悲哀。在这世界上，有谁能突破自身的局限，观看到泥面下的生活呢？那些谷粒，在泥面下是如何商量的，竟会如此整齐划一地同时钻出泥面？她们是怎样决定，让根往泥土深处钻，让芽往泥面上空中伸，而不是相反的呢？

我们看到谷粒发芽，长成秧苗，又渐渐地长大、抽穗、开花、灌浆，最后长成一株沉甸甸的有着金黄谷粒的水稻。然后，我们拿来镰刀，把一株株水稻砍割下——提早结束它们的生命——这就是我们的收获。接着又把它们的子孙（稻谷）轧成米和糠，养活我们和鸡鸭猪羊等家畜。

我们人类，其实从来都没有走进一粒谷的心中。当我们在用诗句歌颂播种，用音乐来赞美播种，用绘画来颂扬播种时，我们只是在歌颂、赞美、颂扬种子和劳动，只是在歌颂、赞美、颂扬我们自己而已。我们看到的，只是泥面上的事情，泥面上的生活，对生命来说，这是一种残缺，是一种不完整，是一种片面。泥面下，藏着更丰富多彩、更激动人心的生活——正等着我们去解读、体会。

走进一粒谷、一根草、一棵树、一朵花的心中，很难。我们能做的，只是走近一粒谷、一根草、一棵树、一朵花。因为，我们没有足够的耐心，让自己的脚像根一样深扎进土中，真切地感知泥面下的生活。我们的双脚，总是像风一样，从不在一个地方久留，匆匆地朝一个方向刮去，又匆匆地从另一个方向刮来。我们的双脚，已习惯在大地上奔波流浪，习惯了泥面上的生活。一个人，就是一粒谷，一根草、一棵树、一朵花。脚，是长错了方向的根。

阳光的声音

昨天中午，我到平顶上看我的榆树盆景。这是一棵胳膊般粗的榆树，它原先长在村外路边的桑地旁，有一人多高，枝叶繁茂。虽然长在路边，可没引起任何人的注意。也许，进进出出的村人都注视过它，但它实在太普通了，以至于没人对它的存在表示过关心。

那天，夕阳西下，黄昏时分，当路基在村人的铁铲铁耙下拓展时，人们毫不犹豫地对它下了毒手。我从人们的砍伐下救出了它，对它进行修剪，然后种进了废弃的脸盆中，这就成了眼前的这盆盆景。

盆景中的榆树，只剩下三四十厘米高，横向伸展的枝条也是细细瘦瘦的，而且被我用铁丝改变了生长方向。榆树，不再按它原有的生长规律生长，而要迎合我的喜好，根据我的意愿生长。如此努力的结果是，有人来我家做客或玩，首先注意到的就是这盆景，对它表示一番赞美和欣赏。

生长在盆中的榆树盆景，无疑是一种美；生长在田野路边的榆树，也是一种美。可为什么自然中的美，引不起人们的注意，而盆景中的美却受到人们的无限赞美呢？同一棵榆树，为何会有两种不同的结果呢？

被我修枝剪叶整理过的榆树，在无人的夜晚，独自面对头顶的皓月时，会偶尔想起生长在桑地旁的日子吗？也许命运就是这样残酷：要么在田野上独守着美，让美在无人的欣赏中寂寞地开放，又寂寞地凋零；要么甘居盆中，失去自己的本性，适应被出售的盆景的要求，让自己变成别人眼中的另一种美，然后接受更多人羡慕的目光。如果真是这样，你会怎样抉择？也许，这根本轮不到你自己选择，一切已经在别人的一言一行中决定。就如这棵榆树，它在路边的消失和在我盆中的出现，是它自己选择的吗？那么，过一种怎样的生活，呈现一种怎样的美的姿态，是由谁决定的？谁又有资格决定？

一个瞽者，诞生时双眼就是瞎的，他眼前一片漆黑，什么也看不见。他用拐杖不断地敲打着地。拐杖着地的声音，是他听见的阳光的声音，是他听见的光明的声音。眼睛明亮的我们，不知道阳光会发出声音，不知道光明会发出声音。我们，总是习惯用眼睛去发现阳光，用眼睛去发现光明。而更多的时候，我们总是在伸手不见五指的历史隧道中爬行，找不到一缕阳光，找不到一线光明。我们一直惊异于一个瞽者在黑夜中行走的速度。在黑夜中，双目失明的瞽者，比双眼完整明亮的我们的速度要快得多。这难道不值得我们深思吗？是不是因为我们的双眼在黑夜里看不见阳光，而瞽者却仍能听见阳光、听见光明呢！

生活，对谁都是公平的。生活，让我们得到一些什么时，总不失时机地让我们失去些什么；相反，让我们失去些什么时，也总是让我们同时得到些什么。就像我平顶上的那棵榆树，失去一种美，同时得到另一种美；得到一种美，同时也失去一种美。对榆树来说，生活在哪里都一样，只要能活出属于自己的美，能活出属于自己的魅力！

那又是一个黄昏，夕阳的余晖照在院中的碧绿桔树上，照在身旁的仙人掌上，也照在对面屋顶上正叽叽喳喳、欢蹦乱跳的麻雀身上。我的前方，有一小盆太阳花，一朵含苞欲放的花蕾，已显出花的红色。夕阳的余晖里，微风中的花蕾显得亭亭玉立，风情万种。突然，我似乎听到一阵轻微的交谈声。"花儿，你今天怎么还不盛开呀？""我也很急啊，也想早点绽放，可我的力量不够，撑不开包裹着我的外衣呀！""别着急，明天我给你多一些力量，你就能盛开了。""谢谢你，待我这么好……"这是阳光和一朵花骨朵的交谈，被我无意中偷听到了。这是太阳花的秘密，因我的偷听而被泄露了出去，她将在明天盛开。吃晚饭时，我兴奋地把这个秘密告诉了父母，我想把这秘密告诉所有的人，让所有的人都为知道了一朵花的秘密而惊喜万分。

父母在听到我说的秘密后，"哦"了一声，仍旧闷头吃他们的青菜淡饭。大人们对一朵花和阳光的谈话不感兴趣，漠不关心。他们有比听懂阳光的声音更重要的事去做。那更重要的事是些什么事啊？是去寻找粮食吗？

阳光的声音水灵灵的，鲜活如刚采摘上来的红菱；阳光的声音令人情不自禁地流出热泪，就像婴儿的第一声啼哭，伴随着母亲的疼痛和希望；阳光的声音犹如麦芒，尖尖的、细细的、密密的……阳光，不仅仅是让我们用双眼去看的，还要我们用双耳去听的，更多的时候，是要我们用心去感悟和体会的。如果我们能在漫长的暗夜里听到阳光的声音，我们还会辨错方向，感到孤独、凄清吗？如果我们能在冰冷的冬天里感悟和体会到阳光的温暖，我们还会轻易绝望，放弃自己最初的理想吗？

听懂阳光的声音，不是偶然。阳光，一直在和大地上的一切交谈。一棵树，一根草，一朵花，一只鸡，一只猫，甚至一片碎瓦片，一条破布头，一根丢在墙角的造型奇特的老树根……它们都在与阳光做着亲密的喁喁私语。听不懂阳光的声音，才是偶然。只有远离了泥土，远离了自然的人，才失去了听懂阳光的声音的耳朵——他们是不幸的，只能看到阳光肤浅的外表，而无法走进阳光的内心。

阳光的声音，通过瞽者的拐杖，传递给生活在钢筋水泥房子中的我们；通过花草树木的表演，传达到躲在空调温室中的我们；通过江河湖海的闪烁，传送给脚步日益匆匆的我们……

夜读诗意

一

十年前的今日，我刚从学校毕业。离开城市，离开校园，离开朝夕相处的同学与师长，只身来到了江南水乡一所叫小河的小学任教。

虽然心中早已有了准备，但当晚霞逐渐变暗隐去，夜幕重重地拉起之后，我独自面对宁静的校园和村办公室临时改成的简陋寝室——一张竹榻床，一张课桌，一把椅子，一只煤气单灶——不免有一种深深的发自心灵深处的失落感。

为了排遣想家的心情，为了排遣无边的沉沉的寂寞，也为了排遣难以忘却的失落感，我又拿起了书本，漫无目的地读起来。一开始，有点心不在焉，有点无可奈何，有点无聊消沉。可尽管如此，人地生疏的我实在无处去玩乐，硬着头皮坐下来，在昏暗的日光灯下，读着一本本书。也许是本来就读了许多书，也许是环境所迫，渐渐地，随着一本本书的沉淀，我发现自己真的喜欢上了读书。

小学的所在地，原来是一座寺庙。有学生告诉我，那儿曾死过人。"你一个人，孤身住在那不怕么？"真的，当我在漆黑的夜里，捧起了书，读着一篇篇生动而富有哲理的文章时，我忘了害怕，忘了时间，忘了身处的环境。原来的失落感，不知不觉中已忘到爪哇国去了。书，能壮胆。如果不是与书为伴，我怎能独自度过一个个黑夜？特别是在风雨交加的夜晚。

年轻的我，读书的速度很快。那时，不求精读，不讲究方法，不管什么书，先读完再说。读小说，只看那些精彩有趣的故事；读散文，只看几句富于哲理的"格言名句"；读诗歌，只看自由跳跃的浪漫与豪放；读名著，只看零零碎碎的一大把好词新句……虽然读得粗糙，不求甚解，但大量的阅读，也着实开阔了我的视野，丰富了我的词汇，锻炼了我的思维，增加了我的知识。这，对我三年后发表处女作，起到了关键性的作用。

许多年后的今天，每当忆及那段他乡夜读的独居生活时，心中仍激动不已，充满了无限的向往。那时，实在太幼稚，不懂得好好珍惜。在人们脚步日益匆忙，物欲日益横流的今日，何处能觅得那样静谧安宁、独处一角的读书环境？隔着十年的烟雨望回去，那孤灯独亮于旷野村庄的情景，那窗下挑灯夜读的年轻背影，朦胧而又清晰，犹如月光下的田野，充溢着浓浓的诗情画意。

二

由此我喜欢上了夜读。

不管是暑假、寒假的空闲时间，还是双抢、养蚕的农忙时节；不管是独来独往的单身时期，还是谈恋爱的奔波之时，我都始终保持着夜读的习惯。夜读，已经成了我生活的必需品，成了我人生道路中必走的一条自然之道。如果哪一天，我没有夜读，第二天，整个人便像掉了魂似的，惶惶不可终日。直到晚上再次捧起书，才感心安。

每当读书至深夜，为了减轻眼睛的疲劳，我走出门外，来到走廊前的平顶上。晚风习习，阵阵凉意，使人清醒舒畅。四周是一片漆黑，整个村庄早已沉沉入睡，除了墙脚地里唧唧咕咕的鸣叫声外，听不到任何声音。抬头是密密麻麻的繁星，有北斗七星，有璀璨的银河……

我不禁感慨万千：白天，忙碌的人群中，有几个人会抬头望望头顶那块无刻不在注视着我们人类的蓝天？黑夜，匆匆的人们，又会有几个人抬头望一眼熟悉的星空？一颗流星，拖着闪亮的尾巴，划过东面的天空。谁注意到它的消逝？谁凝望过它的光亮？如果不是夜读，我能有幸一睹它生命消失时谱写出的绚丽篇章吗？

余秋雨先生在《文化苦旅》中说过这样一句话："人至少要在有可能与自然对峙的时候才会酿造美……"的确如此，人，只有在可能与自然平等的时候才会发现美。人视自己为低贱，对自然顶礼膜拜时，夜晚是恐怖的，毫无美感可言；人视自然为低贱，自谓能战胜自然，凌驾于自然之上时，黑夜是渺小的，没有美的存在。只有人与自然同处于一个台阶时，黑夜才显得可爱，才能发现夜读有一种摄人魂魄的美！

要想真正读懂一本书，把一本书彻底读透，最好在夜晚读它。夜读，能让你的精力集中，思维更敏捷，思路更开阔，从而让你到达白天无法企及的深度。

夜读，让你自然地与勤奋结伴同行。在聪明与勤奋二者当中，对你事业的成功起着主要作用的，不是聪明，而是勤奋。爱因斯坦说："人的差异在于业余时间！"如果你与夜读为伴，用业余时间来读书，夜读将带给你意想不到的惊喜。

我真爱夜读！

一棵树的幸福

　　人，哇哇哭着坠地，仿佛丢失了什么东西。人，从诞生的那一刻起，便开始了寻找，寻找那曾经丢失了的东西。人，知道自己究竟丢失了什么吗？人，知道自己究竟在寻找什么吗？

　　人，注定要四处奔波、流浪，为了寻回已不在的丢失了的东西。许多人为了寻找那丢失了的东西，便毅然地走出家门，走向风中，走向黑夜，走向田野，走向沙漠，走向远方的远方……许多人在迈过家里那道矮矮的门槛后，就再也没能回来，没能再迈过第二次门槛。许多人一辈子就走在寻找的路上，走着走着，便迷失了方向，迷失了东南西北，迷失了自己寻找的目标，就像汪洋上的一条小船，随波逐流，穿过一个又一个浪尖；又如水面上的浮萍，随风漂流，来到一个又一个村庄。人，有几个能真正知道自己一生寻找的是什么东西？人，有几个能在一生中真正找到自己寻找的东西？

　　树，也像人一样，一刻不停地寻找着它丢失了的东西。可自以为是的人类却看不见树在寻找，人类总是习惯以自我为中心，以自己的感觉为感觉，以自己的理解为理解，以自己的智慧为智慧。在我们眼里，树几年、几十年、几百年，甚至上千年、上万年都一动不动地待在一处，不吃不喝，不说不笑，活着就和没活着一样。树，以它特有的沉默，耐心地寻找着，在它的执着面前，我们人类的坚韧和毅力便黯然失色。树的一言不发，使我们一再地忽略树的存在，一再地对它的存在表示轻蔑。

　　我见过村里的孩子，手里拿着一把割草用的镰刀，那么不假思索地砍向一棵河边的小柳树——正值春天，柳丝刚萌出嫩绿的新芽。柳树挣扎了几下，但终究没能敌过那把铁制的镰刀，轰然倒地。可是，颤抖的枝条发出的求救声，有谁听到了呢？又有谁愿意伸出援助之手呢？

我见过村里的农人，收割麦子后，把麦秆杂乱地丢弃在大路边。等麦秆晒干后，随手擦一根火柴，把麦秆点燃。熊熊的火焰，窜得有一人高，火舌随风忽高忽低，忽左忽右，一会儿功夫，麦秆就全燃成了灰烬。在整个燃烧过程中，谁也没有注意到麦秆旁边的一棵棵水杉——原本枝繁叶茂、呈尖塔状的水杉，大火过后，树干焦黑，枝上的叶枯萎，一有风来，便纷纷扬扬地掉落，使人错以为秋天早早地降临了大地。

这几棵树，就像夭折的孩子，肯定还没来得及寻找到那丢失的东西。它们像一批疲惫的旅人，过早地消耗了它们的体力，过早地躺下来休息，过早地退出了寻找的队伍，从岔路去了另一个地方。它们去的是个什么样的地方？我们谁也不知道。那是一个永恒的谜，一个永远让人费尽心思猜想的秘密。离去的树，我们再也没能见到它们走回来，它们在那儿干了些啥，我们谁也不知道。可是，它们真的没能找到那丢失的东西吗？它们去了另一个地方，真的就再不回来了吗？就像我们人一样，死了，就再也不能复活了吗？

第二年春天，我又一次经过村东头的小河边，发现被小孩砍掉的小柳树，那留在泥中的一小截不知在什么时候又长出了新芽，现在又成了一棵小柳树！我又经过大人们烧麦秆的公路，欣喜地看到，那几棵烧焦了的水杉，又奇迹般地透出盎然的绿意。它们去了另一个地方，转了一圈，休息了一会儿，又全都回来了！

树，比我们人类聪明。它们也在寻找丢失了的东西，不是用我们寻找的方式。它们知道，那丢失了的东西，存在于天上，存在于地下。因此，它们不像我们人那样，到处奔波。它们牢牢地站定一处，枝叶拼命地往高处伸展，根一个劲地往地下钻。枝叶在天空中寻找，根在泥面下寻找。枝叶和根，寻找的是一样东西，却有着不同的方法。一棵树和一棵树，彼此站得很远。可有谁知道，它们也在商讨如何能更快地找到丢失的东西。在深不可见的泥面下，一棵树和一棵树的根，紧紧地握在一起，拥抱在一起。这是一种怎样热烈交流的场面啊！一棵树和一棵树的枝叶，在风中互相致意问候，那沙沙的枝叶摇摆声，亲切而又温柔。

我家屋后，有一棵老榆树。褐色的主干，树皮粗糙，许多地方裂开着一道道口子，不时地有一块块树叶般大小的树皮脱落下来。主干分成二权的地方，有一个树洞，里面已经腐烂，雨后天晴，会看到洞口长出的两三朵蘑菇。平时，在洞口，经常能见到有长脚的黑蚂蚁爬进爬出。树洞，是蚂蚁天然的窝。

父亲告诉我，这棵榆树，是他年轻时种下的，至今已有三十多年的树龄，比我和哥哥的岁数都大。我和哥哥得叫这棵树一声榆树大哥哥。这棵榆树，才是父亲的第一个儿子。

"榆树，原先是在我家——就是这排旧平房——的屋前面，种在粪坑的旁边。"父亲说，"后来，造了楼房，全家搬进了新居，这榆树没动，就落在屋后了。"榆树，历经了三十几个春秋，默默地守在墙的一隅，关注着我家的风风雨雨，悲欢离合，又默默地把这一切留存在它的记忆中。虽然它有烂空的树洞，有蚂蚁在树洞里一日日地掏挖着，扩大着树洞，可它在春天，仍萌发出灿烂的阳光般的嫩叶，吸引无数鸟儿前来嬉戏逗留，在它的枝叶间一展歌喉，让我也因此听了许多场免费的音乐会。

　　能在谭家湾——太湖南岸的一个江南水乡小村——当一棵这样的树，实在是一种最大的幸福啊！因为树已经知道，它真正要寻找的是：对已逝的岁月的记忆！我们人类，又有几个能在老死前明白这树一降生就已明白了的道理！活着，对已逝的岁月的记忆，有谁能赛过一棵树？我们忘记了哪只鸡在一个柴堆里下的蛋，忘记了哪只麻雀在弹弓下丧生，忘记了哪片树叶在一阵风里远走他乡，忘记了哪声闷雷打塌了一垛墙，忘记了哪一年发大水淹没了稻田，忘记了哪一年大旱，河干湖枯……但是，不要紧，去问一问村里的老树，它们仍记着这些，会告诉你曾发生过的但你已忘记了的一切。

　　都说"吃一堑，长一智"，而事实上，人往往是"好了伤疤，忘了疼"。人，是最善于遗忘的。在寻找的道路上，我们又在不断地丢失东西。于是，旧的还没找到，又踏上了新的旅程。人生，就蜿蜒成这样一条寻找的漫漫长路。一个人和一个人的不同，只是寻找的方法不同而已，没有本质的区别。有的人用颜色寻找，有的人用声音寻找，有的人用文字寻找，有的人用酒寻找，有的人用赌博寻找……他们都在寻找，寻找的方式方法谁也没比谁更高明。

　　只要还走在寻找的路上，我们就该时刻留意一下身旁的每一棵树，问问自己：是我们马不停蹄地一路奔走来得更幸福，还是像树一样一辈子守住一个地方不动来得更幸福？

风是一大堆欲望

　　一个夏日的下午。西北地平线上的天空里，开始出现一小块乌云。乌云像被激起的河面的水波一样，迅速一圈圈地扩大。起风了，开始是草尖轻颤的微风。紧接着，是令人感到凉爽的稍大点的风。乌云的范围越来越大，而风，也变成了吹走稻草、刮弯大树的疾风。在田里插秧的村人，以为又是一场滂沱的阵雨，慌忙放下手中还未插完的秧，拼命地往家跑。风，直吹得人东倒西歪。在大风中，人成了一棵水边的芦苇，被一次次压弯了腰。乌云，像一匹匹狂奔的骏马，从人们的头顶飞过。风，始终没能让一滴雨落下。也许是风太猛了，雨水，让风给刮到遥远的地方去了。风，让村人空受了一次惊吓，白忙碌了一阵子。

　　这是刮过村庄的风。

　　一个人，站在沙漠的边缘地带，抓起一把沙粒，沙粒迅速变成一阵轻烟从摊开的手掌上消失了。在他的周围，一望无垠的沙漠上，泛着一层薄薄的烟雾，随着风的方向急速移动……风沙四起，尘土飞扬，沙如猛兽，成群结队地翻越马路……沟壑纵横的丘陵和荒地间，风在呼啸，沙在翻卷，虽是午后不久，天地却是一片昏黄，车灯提前打亮……

　　这是沙漠里的风。

　　漆得皎白的海船——造型最美、最有气派的越洋的大船——在空阔无碍的海上航行。没有风时的海，风平浪静，是位娴静的姑娘。刚才还是微波粼粼、温柔祥和的海，瞬间，狂风四起，波浪滔天。船在惊涛骇浪中穿行，与风浪作着殊死的搏斗。船，就像一片树叶，一会儿被浪推向高峰，一会儿又被浪打向低谷。海，露出了狰狞的面目，用它波涛的巨手，把船搓揉得像是一块面团。使海变得面目可憎的，是风。

这是海洋上的风。

不管是村庄的风，沙漠里的风，还是海洋上的风，骤然而起的狂风都让我们人类感到惊恐害怕。我们之所以对风感到惊恐害怕，不仅仅是因为风总给我们带来灾难，还更因为我们无法看到风。我们不知道刮过屋前的一阵风是什么颜色的，在风面前，我们都是色盲。我们不知道风是从什么时候刮起的，是在阳光灿烂的白天，还是在伸手不见五指的夜里。

我们人类总想认识所有的一切，让一切为我们服务，而对于不认识的未知的一切，总是心存恐惧，比如死、灵魂、时间等。风，也像死、灵魂、时间一样，是我们未知的领域，因此心存敬畏和崇拜。

就这样，风总是直来直去，我们周围到处是风。风，包围着我们，堵住了我们想突围的每一条路口。我们不得不在风中摸索，犹如在黑夜中摸索一样。我们有"摸着石头过河"的经验，却始终没有走出风的经历。风无处不在，无所不包。而我们能看到的，只是风中的一些尘土，一片落叶，一根羽毛，一张废纸……

风，是一些奇异的怪人。我们不知道风住在哪儿，不知道风喜欢什么，讨厌什么。风，根本不习惯我们人类的游戏规则——也许不是不习惯，而是不懂或根本不屑懂。风，更像是武侠小说中武功盖世的独行客。风和我们，就像是两辆相对而过飞驰的列车，短暂的接触，无法让彼此走进对方的心。风，就像深不见底的海洋，我们只见到它或微波粼粼，或水平如镜，或波浪滔天的水面，而不知水面底下隐藏着什么。

风，是一些调皮的魔术师。有时，风经过小村，带走了我家屋后老榆树上掉下的一片枯叶，或宰杀了一只鸡后留在院中的一根鸡毛，然后在我们眼前消失得无影无踪，许多天后，又一阵风经过村庄，奇迹般地把那片消失了的榆树叶和那根鸡毛重新带回了村里，落在老榆树下。我们不知道那片枯叶和那根鸡毛曾去了哪里，它们有幸与风为伴，去风的家里做客，但它们是风的朋友，从没泄露过风的任何一点秘密。

有时，风经过村庄，让村里一棵我们认为早已枯死的老槐树又重新发了新芽，嫩绿的颜色让人们惊叹。半夜里，风经过村庄，让村里一棵生命力最强、枝干最粗的大香樟树从中拦腰折断，轰然倒地。风，会变许多戏法。一忽儿甜，一忽儿苦，一忽儿辣，一忽儿酸，一忽儿咸，令你摸不透它到底是啥滋味。

风，是一些蹩脚的染匠。风经过哪里，总能改变那个地方天空的颜色。风，老是没有耐心，就这么大大咧咧地东一抹西一涂，天空便易了色，变了形。大地，更是风随意涂抹的白纸。东一片白，西一片绿，南一片红，北一片黑，全凭风的兴致，随意渲染。

"大漠孤烟直"，没有风的时候，烟会笔直地向上。可这样笔直的烟，在谭家湾很少能见到。能见到的，大多是像驼背似的扭曲着向上的烟。我们老是遭遇到不同的风，没有风的时候很少。

一阵风来了，不知道它从哪里来；一阵风去了，不知道它又到哪里去了；一阵风与一阵风之间，是短暂的空隙——这是我们难得的喘气机会，可以尽情地大口大口地深呼吸。一旦风来，呼吸便受了压迫，让人产生呼吸困难的感觉，特别是逆风而行的时候。

风，是一大堆欲望。人的欲望也是一种风。这种风，更大、更急、更无法捉摸。每一个人，都在风中行走，走着走着，就老了，就走不动了。但是，不是每一个人都明白自己是走在风中，从一阵风走向另一阵风。风，不会停息，停息的只是人的脚步。欲望，不会消失，消失的只是代表欲望的名字。

谭家湾

牲畜永远比人多

我不知道村里究竟养着多少牲畜，正如我不清楚村里究竟生活着多少人一样。人口的数量，很难有精确的统计数字。人，每时每刻都在走动，有人匆匆地走出村去，有人急急地往村里赶。人，就像一阵风，在某一时刻刮进村，在另一时刻从村里刮向别处。面对风，我们总是无可奈何，我们谁也无法掌握风，不管是用双手抓，用衣袋装，还是用厚厚的墙挡，这一切都无济于事。风，仍自由地来去，不管我们愿不愿意，它都要刮进村子，也必将刮离这村子。人，总是这样忙忙碌碌，一会儿走进村，一会儿又走出村。

人活着，仿佛就是为了使自己忙碌，就是为了让自己走出这村子，远离这村子。我们每个人都一样，不管生活在哪个村，哪个城镇，有谁不是不断地努力走出那块自己曾经走进去的地方——村庄？抑或城镇？

牲畜的数量也像人口的数量一样，没人知道精确的数字，也没这个必要。谭家湾，早已习惯了多一只牲畜和少一只牲畜，正如它早已习惯了多一个人和少一个人一样。但有一点我是知道的，村里的牲畜一定比村里的人多。要证明这很简单，走进村，随便走进一户人家，问一下或自己清点一下，这户人家家里养着几只狗、几只猪……我敢打赌，得到的牲畜数字一定比这户人家的人口数字大。在村里，每一户人家的牲畜都比自家的人多得多。

一个外地人，走进村，最先迎接他的不是人的声音，而是牲畜的声音。一声狗叫，一声猫叫，或者是几声鸡的叫声，几声鸭的叫声……

居住在村里的人，听到的最多的声音，不是人的声音，而是牲畜的声音。人与人，很少交谈，即使交谈，也是轻轻的，匆匆的，仿佛一直有许多比交谈更重要的事还没做完，正等着人去做。牲畜则不然。它们没有那么多重要的事可干，很多时候，它们常常是无所事事，整日闲逛。

在谭家湾，村人从没养过牛、马、驴等可以帮助人干活的牲畜，养的牲畜，都是猪、羊、鸡、鸭、狗、猫等不会干活的，虽然有时猫帮人捉捉老鼠，狗帮人看家护院，但更多的时候，它们都没有任何事可干。因此，牲畜们有足够多的时间相互交谈，说说昨天夜里下的雨有多大，说说今天早上被风刮走了谁家晾在绳上的衣服，说说哪块桑地里的小虫特别多，说说哪棵树上的麻雀又在孵小鸟了，说说村里的人谁好谁坏，谁高谁矮……牲畜们的修养没人好，或许也是没人这样多的顾忌，因此，它们从不避人，嗓门总是大大的，从不关心这样大的声音会影响了谁的睡眠。

那天放学还没到家，我就听见母亲在村东口破口大骂，我从她断断续续、不连贯的咒骂声中，知道家里的鸡出事了。走进院中，只见地上躺着几只两斤左右的鸡，有的已经断气，有的还在扑腾着翅膀，在垂死挣扎。父亲蹲在地上，用剪刀给几只还比较活泼的鸡剖肚洗胃。我问父亲："这是怎么回事？"父亲忿忿地告诉我："不知是哪一个狠心的，把一些浸过甲胺磷毒药水的谷子撒在东边渠道边，这群鸡走出去，不晓得这谷有毒，吃下去中毒了。"

脑海中，这样的事已经发生过很多次。每次，母亲都要在村口朝一户户人家大声地骂，骂得很难听。可不知是谁干的，骂都是朝天骂的，和没骂一样。每当骂时，我就上去劝：与其一次次发火骂人，还不如不养小鸡算了。骂的时候，父母都发誓下一年再不做这种傻事了，再不买小鸡养了。可到了来年春天，父母总不忘在卖鸡的时候买上一二十只小鸡。于是，新的一次轮回又将开始。

这样的事，村里几乎家家都上演过，每年总少不了那么一两回。令人深思的是，村人每次骂时都气着说不养了，但第二年却又几乎无一例外地又养上了。我发觉，养一些鸡鸭，成了村人生活的一部分。鸡鸭，并不仅仅是牲畜，在某种意义上，它们也代表了人的生命，也代表一户人家的生机。如果什么时候，谁家的门前屋后，听不到一只鸡的鸣声，听不到一只鸭的叫声，没有了任何牲畜，那么，这户人家可能离开很久了。

那些年，村里家家户户都养着几头羊。原因很简单，羊的粪，可以给生产队当肥料，可以换来工分。

放学后，我和哥哥第一件要做的事就是放下书包，拿起草筐和镰刀，去田间割羊草。村里养的羊多，割草的人也多。今天割草，明天割草，那些草哪经得起天天折腾？"野火烧不尽，春风吹又生。"生命力挺强的野草，在人的毁灭性掠夺面前，也不得不低下头。草，不敢把头探出泥面，都深深地藏在泥里。田野里，到处是光秃秃的。

偶尔有几棵胆大的草，偷偷地在一角探出它们嫩绿的头，马上有几把锋利的镰刀同时伸过来，把它们抢进各自的筐中。割羊草，是一件大事，对那时的我和哥哥来说。要割满一筐草，没有两三个小时是不可能的。有时，实在找不到草，没办法完成父母下达的任务，便只好使瞒天过海之计。在草筐的底下放上几根柳枝，把筐搭空，在柳枝上面放上几把草，就算是割了一筐草了。当然，这办法和掩耳盗铃一样，父母很快就会知道，即使没被当场发现，只要听听羊棚中有没有羊叫声就行了。

羊不受欺骗，也不会骗人，欺骗和受骗的，都只是我们人，羊没吃饱，肚子饿着，就要大声地叫。

后来，田地承包到户，羊粪虽仍是自家田里的最好肥料，可再不能挣工分。羊，在主人心目中的地位也慢慢下降。村上的羊，开始渐渐地变少。人们只顾杀羊、卖羊，而不再管养羊的事。到现在，村里的羊已几乎绝迹，只剩下寥寥可数的几只，也都是病歪歪的，并不招人喜欢。

村里的羊，由盛到衰的变迁史，就像是无意中记录下的村人的历史。村人，也在记着自己的历史，但与羊记下的村人的历史肯定不同。羊默默记下的，是一部更接近自然、更接近大地的历史。村里的羊，也像一阵风。在某一时刻刮进村，又在某一时刻刮出村。人们不知道这风是从哪刮起的，是怎样刮起的，也不知道风刮向哪里，为什么要刮走。只是，风来时，人们都在风里，被吹得东倒西歪，站不稳脚跟；风去时，人们也都在风里，被带走了一些东西，比如一滴泪、一个梦或一片羽毛、一根稻草、一片榆树叶……

最忙和最闲的人

走进村子，随便逮住一个人问：一年前的今天，你在干啥？答曰：不知道。十年前的今天呢？二十年前的今天呢？三十年？四十年？随着时间不断向前推，更是把头摇得像拨浪鼓。村里的每个人，都很忙，忙得没时间去关心自己究竟在忙些啥，为什么要忙。我在谭家湾生活了三十几年，并还将在此长期居住下去，直到老死。可我不知道，这村里哪一个人最忙，也不知道哪一个人最闲。在我眼里，我认识的每一个村人都像地上的蚂蚁一样，忙忙碌碌，东奔西走，忙的目的却永远只有一个——为了找到能够养活自己的那一点粮食。我们谁不在为那一点粮食——物质的或精神的——而奔波劳累呢？

每天天还没亮，四五点钟的时候，母亲就准时起床了。母亲比村上的任何一只公鸡都醒得早，起来得早。在村里，最先迎接朝阳的，不是公鸡的鸣唱，而是一个人的一声咳嗽。总有几个人，在早晨最先醒来。母亲之所以这么早起床，是为了去乡丝厂上班，她必须在六点半之前赶到厂里。

天已微黑的时候，父亲仍是在田地里忙碌，或锄草，或打药水，或种田，或摘桑叶……父亲的手里总有干不完的农活。不黑到看不清，父亲从不回家吃晚饭。父亲，每天都忠实地送走夕阳的最后一缕光线。在村里，像父母这样每天起早摸黑一天忙到晚的人，有许多。忙碌，早已不是城市人的专利，如今的农村人，也像城里人一样匆匆来去。匆忙，就像是一种流行，一种时髦，每个人都想跟上它、追赶它、亲近它。匆忙，似空气，不知不觉中已渗透到我们人类生活的每一个角落：城市、乡村、工厂、公园……

我不知道村人都在忙些什么。早晨天还没亮，人们大多已经起床，出门去了。傍晚，他们回家时，天已全黑了，我早已在家。同样，他们也不知道我在忙些什么。我们虽然同居于一个村，可我们就像运动场上跑步的运动员，都跑在各自的跑道上，偶尔有人闯进别人的跑道，就被判为违规，马上退回到自己的跑道上去。

对于最忙和最闲的人，每个人都有自己的见解。也许，我认为最忙的人，别人却认为是最闲；我认为最闲的人，别人却认为最忙。这是完全有可能的。我们说的话，下的判断，谁不是以自己的心为标准的呢？我也只是许许多多的村人中的一个，也是个大俗人。

　　父亲曾告诉我：河对岸的一户人家，有一个三岁的小男孩，在一个阳光灿烂的下午，掉在门前的小河里淹死了。那个小男孩，在我出生前就已逝世，我从没看到过他，他也从没看到过我；我不知道他的长相，他也不知道我的相貌。可我却固执地深信：这个三岁的小男孩，是村上最忙的人。我想，他一定是太忙了，太忙于去另一个世界了，所以才这样匆匆地上路，还没来得及用双眼好好地看看这村庄的天空、小鸟、芦苇、桑树、稻田、油菜花……还没来得及用双耳好好听听这村庄的声音，鸟叫声、蛙鸣声、风吹篱笆声、狗的猖狂狂吠、猪的吃食声……还没来得及用心好好地体会一下这村庄的滋味，夏日骄阳的炎热，冬日北风的寒冷，池塘里荷花的出淤泥而不染，院中桂花的幽幽芳香……每个人，都走在去另一个世界的路上，不同的只是速度的快慢和路旁欣赏到的风景。有的人，是"春风得意马蹄急，一日看尽长安花"；有的人，是"千山鸟飞绝，万径人踪灭"；有的人，是"独坐敬亭山，相看两不厌"。迟早都要去另一个世界，我们何必太匆忙呢！

　　村上最闲的人，是我的太公。他于九十六岁高龄时才无疾而终，是标准的寿终正寝。他慢慢地走过了清王朝的龙袍，又慢慢地走过了民国的青天白日，又慢慢地走过了军阀混战的硝烟，又慢慢地走过了十四年抗日战争，又慢慢地走到了中华人民共和国成立，走到了今天的改革开放。太公身体一向很棒，七十多岁时，挑着一担稻谷还健步如飞。只是，在他九十高龄的最后几年，身体像一盏风中的油火，闪烁不定，摇摇欲灭。即使如此，他仍每天背着草筐，拿把镰刀，去田间地头缓缓地走上一圈。这时，他已割不动草，只是象征性地在筐里放上一两把草，仍是空着回家来。他就像一头老牛，深情地望着自己昔日出过力流过汗的熟悉的土地。

　　那个小男孩三岁时走出了村子，在桑树地里留下了一个坟；太公九十六岁时也走出了村子，也在桑树地里留下了一个坟。在最后的归宿上，在最后的结局上，忙与闲都趋向于相同，趋向于统一。而这一点，又有几个村人能在老死前明白呢？那些或忙或闲的村人，谁都一样，最终都只是在桑树地里占那么一丁点的地方，静静地独自过着真正属于自己的日子，任荒草在他（她）头顶疯长，任野狗在他（她）身上撒尿，不管他（她）生前有多显赫。我也一样，也会在太公安息的桑树地旁，占一小块地方，在那儿坐看风云变幻，静听风狂雨骤。

逝去的村庄

村庄，对于长期的定居者来说，变化是不大的，有时往往感觉不到它的变化。就像一对蜗居在瓦垄下的麻雀，月月年年看到的是同一片天空，是同一个鳞次栉比的瓦片堆积成的屋顶以及对面的同一棵树。但是，村庄确实在变着，像一条风平浪静的河一样，你粗看看，看不到它在流动，走近它仔细看，赤脚站在冷水里，便会发现河水确实在一刻不停地缓慢流淌着。

对我来说，村庄的些微变化都能感觉到，也许我的心和神经比别的村人更敏感、更脆弱吧。三十多年来，村庄的变化是令人惊异的。

在我家屋后，有一条小河。我小时候，河水日日夜夜不停地向东流着，一路唱着欢快的歌。那时，小河水清澈见底，天光云影，两岸的房屋、炊烟、芦苇、柳树全都倒映在水中，清晰可见。小河里，鱼虾成群，是鸭子的游乐园。我清楚地记得，什么时候想吃鱼了，父亲就在小河里摆放上渔网，提起来，总能见到网中活蹦乱跳的鱼。夏日，孩子们都赤裸着身体在小河里游泳。小河，顿时铺满了孩子们的欢笑声。后来，小河被筑路拦腰截断，变成了一只臭水塘。昔日健康活泼可爱的小河，消失了，只能在我的记忆中继续它的流淌，继续它的欢歌。

我在不久前，曾写过一篇名叫《走进记忆深处的小河》的文章，在文中，我这样写道："一条小河也是一个生命过程。小河也有生、老、病、死，也有喜、怒、哀、乐，也有爱、恨、情、仇，也有荣、辱、盛、衰。只不过，小河的生命过程，比我们人类的生命过程时间更长久，活动范围更宽广，经历的世事沧桑更复杂，比我们人类更贴近自然，贴近泥土，比我们人类更深入土地，更深入地球的记忆。一条小河就是我们人类中的一位圣人先贤，默默地用他深邃的智慧和博大的胸怀，成百上千年地润泽着我们日益萎缩干枯、日益物化分裂的心灵。"写下这文字，也算是对小河的祭奠和无限怀念吧！

如今，村庄是否也像我一样，留恋着那曾经共同相依相偎的日子呢？村庄，也在怀念一条逝去的小河吗？

站在田野里的渠道边，我怔怔地望着眼前一望无垠的粉红色的草紫，不知道自己想干什么。我忘了自己来这儿的目的——割羊草。

那时，村里羊养得多，地上的草几乎给村人全割光了。于是，人们便瞄上了生产队田里大片大片的草紫。草紫，是羊的最佳饲料啊。生产队派人日夜看护着草紫田，不让人有可乘之机。可人，总有疏忽的时候。孩子们，总能在自己的羊草筐中偷到足够多的草紫。就在我怔愣的当儿，几个同伴已经蹿进草紫田，疯狂地大把大把地割起草紫。

草紫田的对面，是碧绿的麦田。风过处，麦浪阵阵，浪尖上，偶尔有几只燕子在翻飞，犹如在风浪中航行的帆船。麦田边，是盛开着金黄色花朵的油菜。有时，让看草紫的人发现，我们孩子就连人带筐躲进麦田里、油菜田里。我们人小，躲在哪儿都行。大人，两眼只会朝前看，而不会往旁边望。不止一次，大人就从我们的头边径直往前追奔过去了。

　　许多年以后，当我从书上知道被我们当作羊草的草紫，就是紫云英时，村庄的田里，已经再也寻觅不到开得艳丽的大片的草紫。草紫，已经悄无声息地退出了这一方舞台。不知何时，粮食作物的青青麦苗，也从我的视线中消失了。现在的孩子，在春天的时候，再也见不到田野里大片的草紫和阵阵的麦浪，他们只看见一片片被空田分割的金黄的油菜花。草紫和麦田，成为我遥远的记忆。现在的孩子，永远地被剥夺了对草紫和麦田的记忆。将来，他们到我这样大的年岁回忆时，田野的颜色和模样肯定与我的不同。他们对村庄的记忆，也必定与我的不同。我记住的，我所述说的，只能是我眼中的村庄，我心中的记忆。我的记忆是独一无二的。

　　那次去父亲的哥哥——我的伯父——家做客，是在一个阴沉沉的深冬的下午。路上，经过一大片桑树地。桑树全都光秃着枝条，像伸着手臂乞求的老妇。桑地里，不时有一两个残破的坟堆，偶尔有几只麻雀从身旁飞过，停在桑枝上、坟堆上鸣叫几声。地上的草早已枯萎，在寒冷的北风中，瑟瑟发抖。整片桑林，呈现出冬的荒凉和破败。

　　突然，父亲指着不远处的一块桑林说："你看，那儿就是你爸小时候住的村庄。"我惊愕不已。短短几十年的时间，一个村庄从大地上消失了，再也看不出它曾存在的任何蛛丝马迹，这可能吗？我想，那儿一定还留有村庄的印记的。可望过去，见到的是与任何一处桑树地相同的桑树地，没有显出丝毫的不同。父亲告诉我：这儿原有一个村庄，村庄的名字叫张家斗。后来，有的人家搬到西边的田湾去了，有的搬到北边的南于家去了，有的搬到东边的塘店去了，如此这搬那搬，好好的一个村庄就没了。搬完了人家，没了人家的村庄，还能算是个村庄吗？残留的破旧房屋，经不起风吹雨打，也相继坍圮了。后来，人们在旧的村庄地上，种上桑树，一年年过去，就长成了现在这样的一片桑树地。

父亲说的是真的吗？村庄也会逝去吗？那么村庄里的人呢？村庄里的猪羊猫狗呢？村庄里的鸡鸣声鸭叫声呢？他们（它们）都到哪去了？一个村庄，好端端的，为什么要消失呢？是因为它离别的村庄——田湾、南于家、塘店等村——太近了吗？村庄与村庄，也像人一样在走着一条竞争之路吗？也像生物一样走着一条适者生存的淘汰之路吗？村庄消失了，人们对这村庄的记忆也会同时消失？父亲会忘记它吗？大地会忘记它吗？流经它身旁的小河会忘记它吗？飞临它头顶在它的树梢上休憩的鸟儿会忘记它吗？

现在我居住的谭家湾，也会有一天，像张家斗一样消失吗？连同一村庄人的恩恩怨怨、悲欢离合，一村庄的鸡鸣狗吠，一村庄的树木，一村庄的风风雨雨，全都悄无声息地一下子消失殆尽吗？

我不知道有没有这样的一天，不知道这一天在何时降临。但我确实知道，这村庄一直在变化着。

离家的路

又是冬天。寒风呼啸，万物凋零。又是深夜，天空没有月亮，只有睁着冷眼的星星。听不到任何村庄的鸟鸣声，鸡叫声，狗吠声，小虫声……除了风声，什么声音都没有。小村睡着了，一动不动，一声不吭。小村的人也都睡着了，在各自锁着的门的背后，做着或甜或苦的梦。醒着的，只有我和风，还有头顶的几颗星。

我睡不着，独自躺在床上，随手拿起一本书，是苇岸的《大地上的事情》。大地上的事情很多，他能记得完吗？我想起那本书不同寻常的来历。那是去年的春天，我惊悉苇岸英年早逝。一位用心执着地写着自己的文章的人，一位大地的真正歌者，就这样悄无声息地去了吗？我是何其不幸，竟生而不能与其晤面，死也未得他的一文一字？我只是零星地在借来的杂志上读到过他的几篇文章，但一个人与一个人相识相知，不在于交流的多寡，而在于交流的深度。

几篇短文，足够让心灵相近的人，走进对方的心中而永驻其间。我怀着无限悲痛的心情，给他的妹妹写了一封信，表达了自己的问候，同时也提出了希望拥有她哥哥生前唯一的一本散文集《大地上的事情》这一迫切的愿望。

想不到，很快就收到了她的回信。她在信中说，她家里留的书已被人索完，要想拥有的话，可去中国对外翻译出版公司邮购。我与她素昧平生，只是以她哥哥的一名读者的身份去信，求她帮忙，她竟如此关切、认真，不敷衍了事，在一切讲物质报酬的今日，是多么的难能可贵！一个人需要的其实很少，只要一点点关心和爱就能令他感动一辈子，感激一辈子。

"下雪时，我总想到夏天，因成熟而褪色的榆荚被风从树梢吹散。雪也许是更大的一棵树上的果实，被世界之外的一场大风刮落。"读着苇岸写雪的句子，心中一股暖意油然而生，虽是冬天的深夜，我却仿佛感受到了夏日榆荚随风而散的喜悦。在这样寒冬的深夜，在这样偏远的村庄里，还有谁会像我一样不寐，在与诗人、思想者作精神上的交谈呢？

我是农民的儿子，是个地地道道的农民，却在做着精神贵族的梦。这，是合时宜的吗？我睡不着，屋外的风也睡不着吗？风为什么睡不着，为什么还醒着，为什么还要马不停蹄地穿过一个又一个村庄？风在寻找什么？风在追求什么？头顶的星星呢？星星又是为什么睡不着，又是为什么醒着？星星睡不着的原因和风一样吗？星星与风，它们醒着的原因和我一样吗？它们也是在与一位我们看不见的大诗人、大思想者作倾心交谈吗？它们也是在做着精神贵族的梦吗？

村里书读得最多的人，是我哥哥。他八岁上学读一年级开始，由小学到初中，由初中到高中，由高中到大学，一直读到硕士、博士。他一共读了二十一年的书！他读完书之后，就走出了村庄，远离了村庄，在陌生的大城市中过他远离了土地和乡亲的日子。

接下来书读得多的，要算军妹了。她初中毕业后，考上了中专卫校，便去读中专。中专毕业后，分配工作，在城里的一所医院里当护士。她读了十一年书，和我一样，她却也走出了村庄，远离了村庄，在充满了钢筋水泥的城市中生活。读十一年书的，村上还有勇军和大块，他俩一个读的是中技，现在在市航运公司工作，一个读的是高中，现与人合伙办着工厂。他俩，也走出了村庄，远离了村庄。不知为什么，村里读书的孩子一个个地都走出了村庄，好像一只只雏鸟，等翅膀长硬了，都飞离了旧巢。至今还留在村中的，只有我一人。

我是一群雏鸟中最笨的一只。我没飞走，是因为我的翅膀还没长硬吗？有一天，我也会像其他的同龄人一样，拍拍翅膀，远走高飞吗？

村庄，生他们养他们的村庄，为什么留不住自己的孩子？走出村去，走向城市，走向远方，为什么会成为村人心中的梦想？走出村庄的人，他们还会再回来吗？

一条渠道

　　这是一条极普通、极常见的渠道，它没有丝毫的特别之处，如果拿它放在江南水乡其他村庄的田野中，叫我去认，也许我会犯迷糊，不知道哪一条渠道就是我村东头的那一条。但我确实敢说，我熟悉这条渠道，甚于熟悉我认识的许多人。

　　雨多，水多，是水乡的一大特点。连带着河多湖多池塘多，当然，还有渠道多。田野上，到处可见渠道，或深或浅、或宽或窄、或长或短、或曲或直……如果田野是人的一张脸，那么纵横交错的渠道便是岁月留在那张脸上的皱纹。每一道皱纹里，都流着风，流着雨，流着阳光，流着村人的汗水，流着村人的辛酸，流着村人的叹息，也流着村人的欢笑与希望。渠道分两种，一种是进水渠道，一种是出水渠道。进水渠道，就是由机埠中的水泵抽出的水流进农田中灌溉的渠道。这种渠道也可分两种，一种是总渠道，深而宽，直接与机埠相连；一种是分渠道，浅而窄，一头连着总渠道，一头连着农田。出水渠道，就是让田里的水流出去，用于排干农田的渠道。这种渠道，比进水的总渠道还要深，还要宽阔。我要说的，就是这样一条深阔的出水渠道。

　　小时候，渠道里的螃蟹非常多。一次，我和父亲去南边洋湾村办事，事情结束回来，正是深夜，走到洋湾村与谭家湾村交界的大渠道边上时，皎洁的月光下，清晰地见到两只半斤[1]多重的大螃蟹在前面地上横冲直撞。我和父亲轻松地一人捉一只，第二天的饭桌上，就多了一份美

---

[1] 斤：质量或重量单位。1 斤等于 500 克。

味佳肴。那时候，我和哥哥经常在星期天去渠道里捉螃蟹。那条出水渠道，深而阔，正是螃蟹的天然居所。在渠道的两边，隔开一段距离就有一个拳头大小的洞——那是螃蟹的家。几乎每一个洞里，都居住着一只肥壮的螃蟹。

捉螃蟹的方法很简单。事先抓一把渠道边村人丢弃的稻草和丛生的杂草，挽成一个团，然后塞进蟹洞中，把蟹洞紧紧地堵死。堵好以后，你尽可以放心地离去，安心地去玩或干别的事，等半个或一个钟头以后，再把刚才塞进去的那团柴草迅速挖出，另一手同时猛地伸进洞去，这时候，十有八九能捉到一只已经昏迷的大螃蟹。如果堵闷的时间不够长，太短，螃蟹没昏迷过去，这时候螃蟹就可能逃走，甚至会有被那对大螯钳住的危险。可也正是具有这逃走和被钳的变数，才使整个捉螃蟹的活动充满情趣和兴味。人，总有一点冒险精神，而冒险无疑是刺激和好玩的事。捉螃蟹，成了那时我们孩子最喜爱的一项活动。

那时候，我熟悉这条渠道的每一个部分。我知道，哪一棵羊奶奶草下面有一个大的螃蟹洞，能捉出最大最肥的螃蟹；我知道，哪一丛蚂蚁草下面的螃蟹洞最多，一连有五六个并排地在一块儿；我知道，哪一块石头下面的洞里曾捉出一条摸上去很粗糙的水蛇，而不是螃蟹；我知道，在哪一段渠道的边上马兰头最多，春天时年年可以去挑；我知道，在哪一段的渠道泥底下的烂泥中，粉鳅最多，当稻田排干水时准能在那挖出几碗泥鳅来；我知道，这段渠道大大小小一共有多少个弯……这条渠道，就像是《天方夜谭》中阿里巴巴的宝藏，而我已经获得了进入宝藏大门的密码。宝藏里，有追求，有快乐，有失望，有痛苦，有争吵，有玩耍……而这一切，只有我们孩子才知道，那是我们心中的一大秘密。

这条渠道，离大人很遥远，大人们从来没有真正走进过这条渠道。

大人们，只是偶尔走近它，靠近它。带给它的却不是最好的问候，而是残忍的伤害——不是用铁耙把它垦开一个豁口，就是用锄头给它锄去一片茂盛的青草，要不就是用铁铲铲开一条细缝，往里种黄豆或蚕豆。大人们总是匆匆地走近，又立刻匆匆地离去，仿佛蜻蜓点水似的。大人们仿佛总有忙不完的事，等他们赶着去做。而我，在阳光灿烂的午后，赤脚站在渠道边，一连数小时地看渠道里的小蝌蚪游来游去；或者，干脆躺在渠道上，躺在青草丛中，尽情地睡上一觉。那种自由和舒畅，没有在泥地上睡过觉的人是无法想象的。如今在大地上躺下睡觉，已成了现代人不可多得的奢侈享受，已经很少有人能如此坦然地入眠了。

　　如今，村里实施农村田园化建设，把一条条渠道，都做成了水泥的三面光渠道。那天下午，我又一次经过那条渠道，见它已面目全非，发生了翻天覆地的大变化。渠道，就像一位质朴的农村姑娘，被美容店做了一次美容，烫上了黄头发，出得店来，令熟人都大吃一惊，差点认不出来了。渠道，变成了水泥浇成的平整划一的模样，每一处都同样深浅，同样高低，没有以前的参差不平和蜿蜒曲折。渠道旁边，进行了绿化，种上了黄杨、紫薇和柏树，渠道，无疑更具有现代的气息。

　　可我总觉得，这样的渠道，美观是美观，却缺少了点什么。我一时想不出那缺少了的究竟是什么。望着眼前笔直的渠道，我望不到一位孩子的身影。渠道边，不知什么时候，已没有了孩子的身影。小河里和渠道里的螃蟹，早已绝迹，如今放在人们餐桌上的，都是家养的螃蟹，而很少是野生的。由于农药的大量使用和村人的电击捕捉，渠道中的泥鳅也遽然减少，现在，几乎捉不到一碗肥大的泥鳅了。村中大多数人家，不再养羊，孩子们也不用每天放学回家先去割羊草了。渠道已没有什么东西能吸引孩子们来到它身旁玩耍嬉戏了。渠道，在历史的滚滚洪流中，无可避免地失去了昔日的魅力。我忽然顿悟：如今的渠道，缺少的，正是孩子的亲近。

　　一条渠道，因儿时的留意而走进我的童年，走进我的记忆。渠道，成了我童年的一部分，成为我生命的一部分。我不知道，这是我的幸运，还是渠道的幸运。我所记住的这条渠道，是我这一代人所独有的。现在的孩子，对这渠道的记忆，与我的肯定不同，他们再也见不到我记忆中渠道的模样了。

　　一代人有一代人的童年，一代人有一代人的成长记忆。我不知道，远离了渠道，贴近电视、电脑的孩子们，究竟是幸运的还是不幸的？我在问，渠道也在问。

五棵水杉

　　每次去西面洋荡边洗东西（洗衣、洗碗等），我都要经过连庆家屋后一段窄小的泥路。靠近路的北边，有一排长得笔直的水杉。不多不少，正好一只手的数——五棵。经过的次数多了，再陌生的事物也会变得熟悉。五棵水杉，成了我的好友。

　　水杉是我最好的时间表。每当冰雪消融，东南风暖洋洋地吹起时，水杉总用它萌出的细嫩的新芽提醒我：一年之计在于春，春来了，新的一年又开始了，你有何打算？每当烈日炎炎，蝉在树梢"知了知了"地一个劲聒噪时，水杉就用它枝叶撑起的浓荫大伞给我遮挡阳光，让我在她的树阴下纳凉片刻。每当秋风四起，田中稻谷黄时，水杉片片飞舞的落叶，让我又一次感悟到秋的丰腴与萧瑟紧密相连。每当寒冷的北风呼呼地刮着，大片大片的雪花纷纷扬扬时，水杉以它落光了叶的光秃枝条，像耄耋老人青筋突起的手，遒劲地指向苍穹，似在隐隐地向我宣示：生命中不可缺少的寒冬悄然降临了。

　　水杉，以它特有的方式，敏锐地向我报告一年四季在何时到来。水杉，以它不同于我们人类的方式，一年年地迎来春夏秋冬，又将它们一一送走。就在我们不经意间，水杉悄然地完成了欢迎和欢送的动作。

　　那一天，我又经过连庆家屋后的那条小路，又一次与五棵水杉相遇。无意中，我惊讶地发现一个奇怪的现象：这五棵水杉，形状一样，每棵都是笔挺的上尖下大的宝塔形，但整棵树的大小迥然而异。由东向西，一棵比一棵矮小。最东边的一棵最大，最高，主干足足有六拃粗，树高超过连庆家二层楼的屋脊。东边第二棵有三拃多粗，第三棵是二拃多粗，第四棵二拃不到一点，而最西边的一棵，只有一拃多一点点，大约一层楼高。第一棵和第五棵，大小相差如此之大，这是颇为怪异的。

从五棵水杉整齐划一的外表看——呈现出标准的梯形形状——很明显是主人连庆家一次种下去的。这不禁使我产生如下的疑问：同时种下而且在同一地方的五棵水杉，是什么原因使它们有的长得快而高大，有的长得慢而矮小？它们面对的几乎是同样的生活条件：长在主人家的屋后，长在屋子的阴影中几乎见不到阳光；靠近路边，都有被路人摘走一枝一叶的危险；靠近北边的小河，都能非常便利地让自己的根向水源伸近。那么，什么原因造成它们现在这样的结局？是因为，它们虽然彼此靠得很近——一棵与一棵之间的相距为一米半——可还是造成了东边一棵最先迎接到旭日的光芒，而西边一棵最迟送走夕阳的最后一缕阳光？是因为主人连庆的偏爱，在施肥时给东边一棵施得最多而西边一棵施得最少吗？是因为在当初种下时，其秧苗本来就有大小高低之别吗？还是因为别的什么原因？

我不禁想到村子里的人。全谭家湾村百十来个人，大家彼此拥挤在同一个村中生活，看到的是同样的或阴或晴的天空，听到的是同样的鸡鸣狗喧，干的是相同的庄稼农活，喝的是同一条弯弯地绕村而过的小河里的水……可过着过着，一个人就有一个人的样。有人贫穷，有人富裕；有人儿女成群，有人打着光棍；有人走出了村庄进了城市，有人仍守着一亩三分地耕作度日……造成人与人不同的原因，和水杉与水杉不同的原因，是相同的吗？

沉默的树是有智慧的。我没见到哪棵高大的水杉有一点点的自傲，也没见哪棵矮小的水杉有任何一丝的自卑。每一棵树，都心平气和地活着。活着本身就是一切。对水杉来说，哪有什么高低大小之分呢？

水杉，是连庆年轻时种下的。它们看到过，连庆与上海下放青年结婚的情景；它们看到过，那年一个风雨交加的夜晚，地震的阴云罩在连庆一家的心头，于是给新生的儿子取名叫"震明"；它们看到过，连庆的家由破旧的平房，改建成了二层的楼房；它们看到过，连庆在它们身旁的河岸边修筑了毛石帮岸；它们看到过，黄昏时连庆一家人在树阴下吃晚饭嬉笑的动人情景……几十年过去了，倏忽间，连庆的大女儿回上海工作去了；连庆也和妻子、儿子走出村了，在城市的一隅过着崭新的生活。水杉，可曾忆起主人昔日的笑貌？可曾想象过主人在异地的生活会是一副什么模样？可还记得主人的女儿是胖是瘦？树会记住许多事情。我相信，这五棵水杉记着的故事，多得数都数不完。

这五棵水杉，是熟悉连庆一家人的，也是熟悉整个村庄里的人的。每一个村人，因各自不同的原因，都曾从她们身旁走过。于是，村人的声音相貌锁进了它们的记忆库。走出村去的连庆、我哥哥和军妹，如果有一天，他们厌倦了城市生活，重新回到村里，重新从这水杉旁走过，那么，主动打招呼的，一定是这五棵水杉。"哇，这不是沈家老大吗？""呀，主人已经这样老了，须发皆白了！"在我的眼前，五棵水杉繁茂青翠着。它们几十年如一日地沉默着，悄悄地记录着村庄的历史。

村人，创造着生活，同时又把生活遗忘。水杉，有着村庄历史的另一种记录版本。这版本，更接近泥土，更接近村庄的根，更接近不被修改的自然……有空时，我爱独自在这五棵水杉下驻足静听，听一种叫作天籁的声音，听一种叫作真实的声音，听一种叫作忍耐的声音，听一种叫作坚守的声音……

被遗弃的桥

我随父亲去村西边的青虾塘喂虾饲料，正是夕阳西下，炊烟袅袅之时。父亲投饲料时，我便围着虾塘转了一圈，见一群群小虾，也围着塘埂作顺时针方向转悠。虾塘西边紧靠着桑地，桑地的西边是一条由南向北缓缓流淌的小河。夕阳的余晖照耀在水面上，波光粼粼，异常美丽。水面上有许多水草，还有一些野菱，都长在两岸的河岸附近，河中间刚好留出一条船行的水道。

我站在河岸边，朝西眺望。夕阳渐渐地沉下去，被西边的一户人家遮挡住了。房子所在地是南于家村——我伯伯就住在那儿。小时候，我经常走过一座小桥，去伯伯家做客。小桥就架在身旁这条河上，我搜索着小桥的身影，希望能找到它在我记忆中的样子。小河水依然缓缓地无声地流淌着，可我失望了，再也觅不到旧日小桥的踪影。

那是一座乡间极常见的小石桥，用一块块大条石垒砌而成。江南水乡，水多河多，小桥亦多。小石桥，在江南大地众多的桥中，实在是太平常，太不起眼了，没有引起任何人的注意。即使是石桥墩上刻着的那副对联，亦没有人去读。小石桥，无名，一直默默地横跨在小河上，与之相依相伴，在晨与暮的交替中，守望成一幅苍劲孤寂的水乡写意画。到我能独自从它身上走过时，小石桥已经老了，已经奄奄一息。它就像一位年迈的老人，佝偻着腰，仿佛不堪生活的重负。两边的桥墩，像老人朽烂的牙齿，裂着一条条大缝。横跨河面的长条石桥面也倾斜了，仿佛一阵风就有可能将它吹落到河中。去南于家村，走这小石桥，是一条最近的路，如从别处绕道而行，要远好几倍。因此，桥虽破朽了，可村人仍一个个地从桥上走来走去。

我沿着河岸向南走，寻找着旧日小石桥的地址。在一块向西突出的土墩上，我驻足观望。我确信，这儿就是昔日小桥的所在地。这突出的土墩——长满瘦瘦长长的青青芦苇和茅草——就是走上桥去的土桥墩。这儿，已找寻不到任何桥的痕迹，没有一块条石，可作桥的凭据。小石桥，你真的存在过吗？有谁会想到在这芦苇掩映下的地方，曾有一座石桥横跨过这河面呢？以后，还有谁会像我一样，会怀念起这座桥呢？向河中央伸出土墩的河岸，此刻也在怀念曾经相通的日子吗？

有河就有桥。有桥就有河。河与桥，就像是山与水、水与村庄一样紧密联系在一起。河是流动的桥，桥是静止的河。河，把两岸永恒地一分为二。桥，是岸与岸的交流。

村人也曾修理过这座将坍塌的桥。毕竟，走这桥，是谭家湾村与南于家村之间最短的路。要保持这种近距离的交往、交流，就必须让桥存在下去，不要让它消失。修理后的小桥，在风雨中又站了许多年。这许多年中，村庄发生了翻天覆地的变化。村人的脚步变得匆匆。由这座小桥连起的两村间的路，太狭窄太弯曲了，渐渐地，走这条路的人越来越少，人们出门不再用两条腿步行，而是改用两个轮子的自行车。人们宁愿绕远，从大路过去。小石桥，终于被村人遗弃在一边，任其歪着脖子弯着腿，独自与衰老做着最后的抗争。

一个星期天，我从几里[1]外的学校回到家。一进家门，就听见父母在讲西边小石桥的事。就在上午，一艘装满五孔板的水泥船，因雾大看不真切，船头就撞上了桥墩。只听得轰隆一声巨响，桥一下子坍塌了，笨重的大条石砸在船中央，把船拦腰劈为两半，溅起的水花有

[1] 里：长度单位，1 里等于 500 米。

几米高。所幸的是，桥塌船毁的事故中，没有人伤亡，船上的几个人奇迹般地死里逃生。小桥，就这样消逝了吗？那震天的巨响和溅起的水花，是小桥发出的最后的呼唤吗？它在呼唤什么？

暮色四合，站在越来越黑的小桥遗址旁，我不禁感慨万千，浮想联翩。这桥，曾经历过多少风霜雨雪？小石桥，也是像人一样有生命吗？也有其自然的生老病死吗？坚硬的石头筑成的桥，尚且难免逝去，那么，肉体之躯的我们，凭什么让自己永存？

随着时代的发展，古老的石桥，正在走出我们的视线，正在被我们一座座地遗弃。我不止一次地看到这样的情景：人们为了让各种车辆能顺利地通行，在古老的石桥旁又重新建造起一座更高大的现代钢筋水泥桥。那些被遗弃的石桥，就像古代被打入冷宫的嫔妃，独守着千年的寂寞。它们太古老了，石缝间长满了青苔和野草。有一天，它们也会像村西的小石桥一样，会坍塌，会彻底消逝。谁会记住它们？

被遗弃的石桥，是一段鲜活的岁月的记忆。记忆不管是幸福还是苦难，我们都不该忘记。因为记忆就是历史。

村里的鸟

村庄不大，总共只有二十四五户人家，一百来号人。村里村外全都有树，村外最多的是桑树，村里常见的是水杉、槐树、榆树、朴树，还有橘树、桃树，以前遍地的苦楝树，如今几乎已绝迹，找不到它的踪影了。大概树也是一阵风，苦楝树这股风已经刮出村了，不知道村上又将刮什么风。我不知道，树们也不会知道。

有树，就有鸟。树，是鸟的家。村里的树多，村里的鸟更多。树比人多，鸟比人更多。

村里常见的最大的鸟是喜鹊。喜鹊个儿大，飞起来速度慢，也飞不高。我见它飞时，总是在低空盘旋，而且每次仿佛力不从心，只飞一段距离就停在一棵高树上，或在桑地里休息。也许是得了"喜鹊"这个好名头的缘故吧，村人在众多的鸟中特爱喜鹊。"喜鹊到，客人到。"村里有这样的俗话。能听到喜鹊的叫声，是被认为是吉祥、有福的。因此，每当喜鹊飞临头顶的高树，听到"恰恰"的叫声时，人们都会不由自主地露出笑脸。但我却在亲身体验中，发现二者并无关联。喜鹊的叫声，只是一种普通的鸟叫声，并不能带来吉祥、好运。那只不过是一种迷信或心理暗示罢了。

喜鹊喜欢把窝筑在高大的榆树上，人们在很远的地方就能看到。如果在你家屋后的榆树上有一个喜鹊窝，那么，即使离开家很远很远，只要一抬头，看到远处的喜鹊窝，就有一种温暖的感觉。你知道，在那儿，有你的家。

初春的一天傍晚，我在门前鱼塘边的晒场上与小女玩耍。夕阳下，只见远远地飞来一群喜鹊，它们都由东北向西南飞去。一群飞过去了，一路留下"恰恰"的叫声；又一群飞过去了，又留下了一路"恰恰"的叫声；又一群飞过去了……我看得惊呆了，我从来没有见到过如此多的喜鹊，黑压压的一大片，全是喜鹊的"恰恰"声。平时，我见到的喜鹊，总是孤单的一只从头顶飞过，或者是一对，有时也有三四只，但从来没有几十只一起出现的情况。我一直以为，喜鹊的数量肯定很少；或者是喜鹊不喜欢群居，喜欢独处。现在看来，这是不正确的。这么多喜鹊朝一个方向飞去，它们去干啥？我见它们在很远的地方停下来，老远也能听到它们的鸣叫声。每一只喜鹊都在叫，它们谁也不听谁的。

我最初的猜想是，喜鹊可能是赶去开会。我们人类每天都离不开会议，每时每刻都有会在开。喜鹊，也像人一样，需要开会的吧！我确信喜鹊们是在开一个重要的会议。我有点羡慕起喜鹊来。它们不用像人那样每天开会，它们几十年才开一次会议，它们没有精简会议的麻烦。而且，喜鹊们开会的形式民主、自由，每一只喜鹊都在叫，都在发言，每一只喜鹊都能畅所欲言。喜鹊们"恰恰恰"地乱叫一阵之后，渐渐地有喜鹊开始飞离。先飞的几只，在空中盘旋了一圈，才慢慢地离开，仿佛有点依依不舍的样子。天渐渐暗下来，喜鹊的叫声也慢慢地消失了。我不知道，喜鹊们开这个大会，在会上作出了什么重大决定，正如我不知道，在联合国的同一时间开的大会上，作出了什么决定一样。喜鹊的会议离我很远，人类的会议也离我很远，一切会议都离我很远。

村人喜欢的鸟，除了喜鹊，还有燕子。燕子比喜鹊聪明，它把窝筑在人家的屋里，这样就免去了风雨的袭击。母亲总说，燕子是识人家的，它从不在潮湿阴暗的房中居住，燕子也是识人的，它从不在凶狠歹毒的人家居住。我不知道她说得对不对。一个人，识一幢房子的好坏很容易；一个人识一个人的好坏，就很难。那么，同类的人尚且难识人，燕子又是凭啥识人的呢？

每当燕子停在我家阳台上的晒衣铁丝上，叽啾叽啾地乱说个不停时，我就非常渴望自己能听懂燕子的语言，或者渴望自己能说燕子的语言，我想和燕子说说话，谈谈心，交流交流识人的心得。如果真能这样做，也许就会解开困扰在我们人类心头上的许多问题。燕子的存在，比我们人类的存在要早得多，它们见过的风霜雨雪比我们人类见过的要多得多，它们一定比我们更懂得如何利用自然，改造自然，顺应自然，而不是盲目且狂妄地战胜自然。

村人们大多相信母亲说的那一套。因此，他们都不去捣毁燕子筑在家里的窝。我想，不管母亲说的对或错，至少这给燕子带来了好处，给人们带来了与燕子和平共处的机会。有时，对的并不一定带来好的结果；有时，错的倒也可能带来好的结局。

在村里，有时能见到从头顶高空飞过的大雁。那往往是秋天黄昏的时候，炊烟正袅袅升起。偶尔抬头，便瞥见了"一"字形或"人"字形的大雁。大雁不是村里的主人，也不是村里的客人，而是村里的过路人。它们从很远的远方来，又将去很远的远方。它们经过村庄，只是给村庄的河面投下一串影子而已。它们不知道现在飞过去的是谭家湾村还是洋湾村，它们飞过的村庄多如牛毛，我居住的村庄只是偶尔从它们的眼皮底下滑过而已。

有时，我也能看到野鸭的身影。一只或两只，叫声怪怪的，"呱——呱——"仿佛是乌鸦的叫声。如果是在漆黑的深夜，一个人在阳台上听到这样的叫声，总会毛骨悚然，无端地会想到村上的死人，电影、电视中战死了许多人的古战场，亦或是英雄落难的荒野……

有一次，我去村东的桑地里割青草，路过一条由南而北的渠道。

忽然，从深可及膝的草丛里"扑棱棱"飞起一只挺大的野鸡，吓了我一大跳。随即心里又后悔，要是我早知那草里躲着一只野鸡，手里拿把打鸟枪就好了。正想着，前面草丛里又飞起了一只大野鸡，拍着翅膀，朝东北方向飞走了。野鸡的羽毛五彩缤纷，鲜艳夺目，只是看看也好啊！在这草丛里，这一对野鸡不是要筑窝吧？我仍朝前走着。这时，一只更大一点的野鸡又从不远处的草丛里飞出来，发出很大的响声，我听到野鸡翅膀扇动的声音，就像一架小型飞机从身旁飞过。紧接着，又一只野鸡飞起来，又一只野鸡飞起来。我直看得眼花缭乱，惊诧不已。这儿，有一大窝野鸡！

在村里生活了三十多年，我见到的鸟很多，而看到的最多的鸟是小巧玲珑的麻雀。在村里众多的鸟当中，我最爱的亦是麻雀。

生活在村里，你听到的最多的声音，就是麻雀的声音。不管是旭日初升的清晨，还是烈日高照的中午，还是夕阳西沉的黄昏，在枝头，在树梢，在篱笆，在屋顶，在路上，在电线上……到处可见麻雀活泼的身影，听到它们叽叽喳喳的叫声。

现在，当我在窗前写这篇文章时，充盈双耳的，仍是麻雀的乐曲。一只麻雀在前面的屋顶瓦垄间散步，头不停地一低一低，脚步是细碎的，走路的姿势给人的感觉是从容的，无拘无束的。随着"叽——"的一声长鸣，这只麻雀飞离了屋顶，轻柔地从眼前划过，飞到了我家院中的水杉上，那儿停着许多麻雀，它们叽叽喳喳不停地叫着，仿佛一群村妇在热烈地交谈。

麻雀，比我们更熟悉村人。它们一天到晚，生活在人家的屋檐下，生活在人家窗外的树枝上，它们听到人们所有的交谈声。它们甚至知道村人的所有个人隐私。

我爱麻雀，是爱它们的平易近人。燕子虽然可爱，但它们是候鸟，一到冬天就没了踪影，它们更像是令人讨厌的明哲保身者，没有一点忠贞之气。麻雀可不，不管是温暖的春，还是冰冷的冬，它们都待在村里，与村庄为伴，与村人为伍。喜鹊虽然可爱，但它们数量太少，一年四季，见到的只是三四只，它们就像是雍容华贵的贵族绅士，孤傲冷艳的隐士高人，对平民百姓不闻不问。

麻雀可不，它们一大群一大群地住在你身边，你给鸡喂食时，它们也会飞下来，在你身边偷吃几粒谷米。农村的生活气息，有了麻雀便浓了一大半。如果哪一天，村庄里没有了一只麻雀，听不到一声麻雀的叫声，那这村庄会是什么样子，人们的生活又会是什么样子！

我爱麻雀，除了它们的平易近人外，我更对它们宁死不屈的精神钦佩不已。我曾捉到过一只麻雀，把它养在鸟笼中，我给它足够的米和水，希望它能在笼中好好地活下去。可它一天到晚叽叽叽地哀叫着，就是不肯吃我给它的食物。母亲说：麻雀都是气煞心肝，和三国时的周瑜一样，被你捉住，一气就气死了，你是养不活它的。我不信。比麻雀个儿大，样子比它漂亮的鹦鹉、百灵鸟等，人们都能饲养活，难道一只麻雀还能养不活？饿了，难道它还不吃给它的粮食？我继续养着麻雀。在它凄厉的叫声中，一天又过去了。只见它在笼中跳上跳下，扑腾个不停。嘴里，不时地发出凄叫声。我想放了它，但又不甘心自己的失败。第三天，我下班回家，见麻雀已经断气了。它竟活活地把自己饿死了——饿死在眼前大量的谷米堆上。我的心被麻雀的行动深深震撼了。我后悔不迭。我的无知，我的残忍，竟害死了一只宁死不屈的麻雀。它，多像是宁可玉碎，不能瓦全的英雄啊。我为我卑微而渺小的心自惭不已。我们人，谁能做到麻雀这一点呢——不畏强暴，坚贞不屈！一只麻雀，也值得我们每一个人向它学习！

在我心里，永远蹦跳着一只麻雀，一只向往和追求着自由的麻雀。

两棵桃树

十几岁时，父亲买来许多桃树秧，准备种在屋前的承包地里，隔壁阿六买来许多橘树秧，他说愿意拿他的橘树秧换我家的桃树秧，他准备也种在自家门前的承包地上，他还说这样一来两家都有桃树、橘树，既防偷又不单调，父亲便同意了。两种树秧种下去后，都成活得很好。我天天盼着它们快快长大，盼着盼着，我不止一次看到了整片的桃林、橘林，看到了粉红的桃花，洁白的橘花……

十六岁那年，我进城读中专，不能每天都看到我的小树苗，心里便有无限惆怅，像害了相思病似的，整日魂不附体。我每个星期六都要尽可能早地回家，当那些树苗又一次在我眼前摆动着枝叶时，我有说不出的高兴。它们仿佛成了舞姿婀娜的少女，对我笑着，点着头，欢迎我的到来。

令人伤心的事终于发生了，第二年黄梅雨时，由于雨水过多，树苗差一点被洪水淹没。自从那以后，我家门前可爱的几棵桃树都像害了病似的，开始萎缩下去。我的心疼得像刀绞一样，犹如看着心爱的女儿正被病魔折磨，而我又丝毫不能帮忙，只有在旁干着急。

心痛归心痛，枯萎的态势依然继续发展着，我真恨不得用自己的生命去换来它们的重现生机。愿望是脆弱易碎的，一个月后，橘树依旧而桃仅剩其二，孤零零地夹在橘树中间，犹如鹤立鸡群般醒目，这更增加了我的怜惜。

四年前春天里的一天，我回家偶尔发现两棵桃树上都有了花骨朵，那么娇小玲珑，像暗夜的星星。我不禁喜出望外，大步奔进屋，告诉母亲我的新发现：

"妈，桃树要开花了！"

"这有什么大惊小怪的，桃三年，它早到该开花的年龄了。"母亲平淡地回答。

"是桃树都要开花吗？"不知为什么，我忽然想到了自己，人是不是也像树一样，要开花呢？

"是桃树都要开花的，除非早死了。"

"开花了就会结果，那么今年有桃子吃了？"

母亲没有直接回答我，只是深情地用手抚了抚我的头，说："过几天，你自己会知道的。"

以后的几天，两棵桃树花团锦簇，打扮得如玉人一般。远远地就能见到它们粉红的笑脸。令人疑惑的是，花谢后，两棵桃树上一个桃子也没结，我百思不得其解，心中感到一阵惆怅。好容易盼到它们开花，却无端地不结果，叫人怎不伤心？好在第二年，两棵桃树都果实累累，我才心花怒放，露出了笑脸。

农村的小孩大都淘气可爱。桃子还是青涩的，如橄榄大小就已有小孩偷吃了，母亲骂骂咧咧的，说父亲不该种这两棵受气树，还说过年非砍掉它们不可。好端端的两棵桃树，不结果时人见人爱，可一旦结果，它立马变成了受气树。由于我的力保，年底母亲没有再提砍的事。第二年春天，桃树照例开花热闹一番，而后结果归于沉默，再后又有小孩在树下打闹，桃树又变成受气树。对它们枝折果落的凄惨模样，我实在不忍心目睹，它们像挨老师批评的学生似的，又像受委屈的姑娘，有一股怒气呈现于枝叶间。母亲叫太公把这两棵桃树砍掉，太公年迈，只用刀剥掉两棵桃树的一圈树皮，说这样一来它们自会死的。虽然我不愿看到它们无辜地离我而去，但我已实属无力，我再也不能说服母亲，叫她手下留情。（母亲砍桃树的原因有二：一是嫌自家吃不到桃子；二是怕小孩上树偷桃掉下来摔死。）

两棵桃树都死了，不再发芽，不再开花，不再结果，不再有小孩来垂青，不再有母亲的唠叨，不再……一切恍如一场梦，美丽而又短暂，梦醒后，只剩下冷风中两棵枯槁的光秃秃的桃树。

今年，太公在两棵桃树旁都种下了红扁豆苗，苗的长势很旺，渐渐地爬上树干，爬上树枝，最后爬满了整棵桃树。秋天里的一天，我站在阳台上远望，蓦然发现枯树又开花结果了——只是那不在春天，而在秋天，花和叶都是红扁豆的——心中一阵酸楚。这是否又是梦？眼泪无声地淌了下来，流过脸颊，流进嘴里……

一朵流浪的野草花

　　在碧绿的油菜田边的渠道上，我发现许多野草都开花了。特别引起我注意的是，那一开就一大片的淡蓝色的不知名的野草花。

　　我不知道这种淡蓝色的野草花是在什么时候悄然绽放的。我不经意地走过这里，一低头，便看见一地的野草花都绽放了，都在对我微笑。仿佛我是它们的老友，突然出现在它们面前。

　　是的，见到它们，我确实有见到故友般的亲切与激动。早在十多年前，它们已吸引了我的注意。我曾不止一次地坐在泥地上，近距离地观察它们，与它们作心与心的交流。

　　这种野草花，很小，只有半个小指甲般大。它们有四片花瓣，其中三瓣是淡蓝色的，而另一瓣则是浅白色。远远望去，一大片浅蓝色缀于更大的草绿色之中，犹如一幅自然流畅的写意中国画。我不知道它们的名字，哪怕是乡村的土名字也没有，更别说正规的植物学上的学名了。谭家湾村的孤寂偏僻，局限了我的知识。我的孤陋寡闻，使我无法知道自己喜爱的旧友的名字。

　　它们叫什么名字？这广袤的田野大地知道它们的名字吗？与它们紧邻的同风雨共患难的蒲公英和草紫知道吗？那些名字，其实只是我们人类为了医治自己的健忘和不善于作心灵的沟通而采取的补救措施，是强加给它们的符号。

　　对田野大地而言，每一株植物都是相同的，没有彼此的分别。蒲公英、草紫、油菜，还有这开淡蓝色花的野草，都同样重要，具有生命的活力和荣耀。它们生长在同一天空下，沐浴同一片星光，享受同一缕阳光，呼吸同一片空气，迎接同一阵吹过头顶的风……知不知道它们的名字，又有何关系呢？村里人的名字，又有几个能让更多的人知道？对于大多数村人来说，还不是像这野草花一样，一辈子默默无闻？

独自坐在草地上，坐在大片的淡蓝色野草花身边，我静静地体会着，体会着野草花的幸福。不知不觉中，我惊奇地发现，我成了它们中的一员，我成了一朵盛开的淡蓝色的野草花。我的兄弟姊妹无数，我是千万朵野草花中的一朵。我是那样平凡、普通，混迹于中，没人再会发现我，我消隐在一大片的野草花中。就像我混迹于人群，消隐在村人之间一样。

"嗡——"一只蜜蜂哼着悦耳的乐曲飞来，与每一朵野花问好。一只青蛙欢快地蹦跳过来，躲在花下乘凉。一阵风吹过，每一朵野草花都向它点头致意。"风啊，停下来休息一会儿吧，你整日匆匆地赶路，不觉得累吗？"风打一个旋，不屑一顾地继续赶着它的路。风，有它自以为重要的事。野草花们则不然，整日悠闲自在地过着属于自己的那份生活。它们扎根在能供它们活下去的那么一小块土中，没有奢望，没有侈求，没有妄想，没有纷争，只是一心一意地过着田野中的日子。每一根野草都开花，每一朵花都开得灿烂艳丽。只要有泥土、空气、阳光、雨露和水，它们就蓬勃地生长了。这是一种坦然，这是一种自信，这是一种安详。

山是大地之骨，水是大地之魂。山水，写尽大地的深远辽阔，雄壮博大。野草花深得大地的精华，生命的真谛，它们用自己独特的语言和舞姿向我们人类一年年地传达着它们的声音——像山水一样永恒地活着。

风摧残过它们，雨侵袭过它们，野狗践踏过它们，它们难道忘了这些痛苦的记忆了吗？它们为什么不以暴还暴？以牙还牙？不，正是它们对欺凌压迫的痛苦的记忆太深了，才不想让同样的痛苦带给其他的万物。

突然，一把冰冷锋利的镰刀伸过来，轻轻地一割，我的许多兄弟姊妹就血淋淋地倒在地上，被一双粗糙的大手抓到草筐中——拿去喂羊。我吓出一身冷汗，慌忙逃遁。我是有幸从刀口下逃出的那一朵淡蓝色的野草花。从此，我逃进村里，又混迹于村人，混迹于人来人往的热闹中。尽管如此，可我仍没丢失我作为野草花的记忆，偶尔还会跳起人们陌生的舞蹈，像一根草在风中翩翩起舞，偶尔还会发出人们不习惯的声音，像一根草的语言，他们听不懂——那就是我的写作啊。我所有的文章，只不过是一朵行走的野草花对过去记忆的诉说。

在这日益匆忙、日益物化的人世间，有谁会在意一朵野草花在说些啥？有谁又会真正听懂一朵野草花的诉说？

> 每一根草的痛苦都是人的痛苦。
>
> 每一朵花的枯萎都是人的枯萎。
>
> 每一片叶的呼喊都是人的呼喊。

我见到许多人家屋里都养有花，少则一两盆，多则几十盆。人们欣赏的是盆景里的花，脱离了大地泥土的花。本应是滋养人类精神的野草花，却只用来制作盆景，供人们茶余饭后来娱乐消遣。

我从田野里逃走，那是为了免遭镰刀的砍割残害；我从屋里的盆景中逃出，那是为了免遭欣赏的扭曲异化。在大地上，我成了一朵流浪的野草花……

一把旧锄头

　　那天，几个调皮的小男孩闯进我家屋后的老屋去捉蜜蜂，我进去时，他们已在屋里疯玩了大半天，只见屋内一片狼藉，各种各样的旧物横七竖八地堆满了整间屋子。阳光斜斜地从洞开的窗中射进来，照在那些破烂货上——一辆破旧的自行车，一把生锈的镰刀，一根烂了的尼龙绳，父亲年轻时做木匠用的刨子、凿子等——使人顿觉时光仿佛停止流动，宁静而安详，连孩子们的热闹也一下子沉下来。

　　我一眼就瞥见了那把锈迹斑斑的锄头，夹在一大堆旧货之中。这把锄头，就像一位已逝的先人一样，早已在我的眼前消失，要不是这些孩子的捣乱，我想这辈子也许再不会将它找出来，不会再见到它。我们人类，总是习惯于忘记对自己无用的事物，我们对事物价值的评价，总是站在自我的角度，有用则趋之若鹜，无用则弃之如弊履。说忘恩负义也罢，说喜新厌旧也罢，大多数人就是这样，谁也没比谁更高尚，更忠诚。

　　这把锄头，从深渊中浮出水面，能再次呈现在我面前，仿佛在告诉我：它从我眼前消隐了，但并不表示它永远消亡，不再存在。它一直都存在着，只是我没有感觉到而已。我的感觉，充当了一个骗局的制造者。

　　这是一把我小时候用过的锄头。就是这把锄头，父亲用过它，太公也用过它。太公用它时，它还是一把崭新的锄头，刚从铁匠铺中买回，锋刃闪闪发亮，有棱有角，足足有一拃半宽。父亲用它时，它已经旧了，经常与地皮的摩擦使它只剩下一拃宽，比原来小了许多。我用它时，它只有半拃多一点，显得娇小玲珑、圆润光滑。虽已旧得如一位白发苍苍的老者，可仍然精神矍铄，能看见锋刃上闪闪的寒光。如今，躺在旧物中的它，终于老得迈不动脚步了，锋刃也爬满褐色的锈迹，小得只有十几厘米宽。它成了名副其实的废物。

然而，在此刻，夕阳余晖下的这把锄头，在我这个角度望去，它却是如此的美——这是一种辛勤劳作后的安详的美，这是一种古时的忘我的美。锄头，虽然已被锈迹尘封，但这只是它的一种外在，其内质仍是铁，仍有铁一样的记忆。它一定还记得曾在哪一棵桑树下锄去过哪一片野荠菜；它一定还记得太公苍老的手拿它去锄过种着百合的地；它一定还记得父亲用长满老茧的手拿它去锄过种满各类果蔬的瓜地；它一定还记得我稚嫩的双手拿它去锄过渠道，那是为种黄豆而做的准备。

锄头，锄了一世的草，与草做了一世的冤家，它甚至不知道自己为什么要与草结死怨。锄头，辛苦了一辈子，劳累了一辈子，是否明白了自己的使命是什么？地上的青草，锄去了一茬，又不失时机地长出了一茬，年年岁岁，更迭不断。而锄头，终于累倒了，躺倒在不为人知的角落。它不会明白，自己的一生都充当了刽子手的角色。

我们人类中许许多多的人，也像这把锄头一样，自己奔波了一辈子，劳累了一辈子，却不知道自己为啥奔波，为啥劳累，并不知道自己在奔波劳累的过程中，充当了伤害别人的残忍的屠夫。我们人类，有时候并不会比一把锄头聪明，更多的时候，是像锄头一样只是在听别人的使唤，在被别人摆布。

我弯下腰，小心翼翼地拿起那把锄头，放在手中仔细地端详着。我看到了太公沟壑纵横的老脸，微笑着，隐约有一种永恒的安详。他短暂而又不幸（早年丧父，中年丧妻，老年丧子）的一生，早已随风而逝。我一直不明白，他虽然从光绪二十六年一步步地走到公元1995年，可是他目不识丁，一点也不明白身边发生的究竟是些什么事。他曾替日本人挑过大洋，曾见过日本人用枪打人来玩耍，可他向我叙述这一切时，并不显得悲愤，好像他说的，是一件极普通的家事一样，没有亡国的痛，也没有复仇的恨。如此懵懂地活着，又有何价值意义呢？

望着手中的这把锄头，我忽然顿悟：生命的存在，其价值和意义并不是全凭我们人类自己说了算，一如这把锄头，对我们人类来说，它已是废物，毫无价值，但对大地来说，它却是一段往事的记忆，是一段历史的浓缩。生命的存在，其价值和意义并不仅仅体现在对我们人类有贡献、有益处、有帮助，那只是人类一厢情愿的自命不凡。其实，生命存在的本身，就是价值和意义之所在。也就是说，生命的价值和意义体现在生命展开的过程之中。

我把老屋重又整理了一遍，让被放得七零八落的旧物各归原处，老屋又恢复不久前的井然有序。那把锄头，我仍把它挂在土墙上。就让它静静地待着吧，它已属于昨日，属于历史。而属于昨日属于历史的一切，只宜在深夜静静地想想——欣赏或厌恶都可以——而不宜让它再在今日还魂，左右今日的步伐！

走进记忆深处的小河

"一条大河波浪宽，风吹稻花香两岸，我家就在岸上住……"每当这动听的歌声在耳边响起，我就会情不自禁地想起我家屋后那条曲曲弯弯的小河。河虽小，可呈现出来的优美意境和歌中所唱的完全一致：风吹稻花香两岸……

那年，一个阳光灿烂的冬日，父亲在河对岸的滩上剪芦苇，那些瘦瘦长长的芦苇，在父亲的双剪下轰然倒地。一个三岁的小男孩，刚开始蹒跚学步，跟跟跄跄地独自从一条小石桥上穿过，来到父亲的身边，好奇地打量着一切：为什么要把那些长长的芦苇弄倒呢？父亲也注视着小男孩，可他没能读懂小男孩听见了芦苇倒地时发出的尖叫声而颤抖的心。突然，传来扑通一声，等父亲回过头来，哪儿还有小男孩的踪影？冬日的小河河水冰冷刺骨，小男孩第一次体验到与死神擦肩而过的滋味。这是一种怎样的滋味？恐惧？绝望？无奈？……可他还没能感受小河水彻底的寒冷时，就被一双粗糙的长满老茧的大手像捞一根稻草似的，将他从水中拎到了半空中。这个三岁的小男孩就是我！我对小河的记忆，是从一个阳光灿烂的冬日开始的，是从与死神的擦肩而过开始的，是从父母在昏暗的洋油灯下的叙述开始的。我不知道，安详、宁静、温柔、妩媚的小河，上苍为何要排演出这样一个冷酷、无情、惨痛的初识，这是否意味着：人的记忆总是偏向于记住苦痛和艰辛，而快乐、舒适却易于从记忆的刷子眼中遗漏呢？

又一年，那是一个烈日炎炎的夏日，下午两点左右，正是一天中最热的时候。一群赤身裸体的小孩，在小河里游泳。稍大点的，已学会空手游。而较小的，都攀着一只木水桶，两脚啪啪啪地打着水，也跟着玩打水仗的游戏。我是靠着水桶游的一类。那次，当我快游到南岸时，见许多比我小的孩子都能站在水中时，我犯了个大错：以为自己的脚下也是很浅的，于是双手毫不犹豫地放开了水桶。这是个不可饶恕的错，我为自己的大意付出了代价：我的脚下正好是一个深深的大坑，我被水淹没了。我呛了几口水，双手拼命抓划，忽然发现自己双脚竟踩在了水中。我惊喜地意识到，自己竟因祸得福，被迫学会了游泳。头顶的太阳依然亮晃晃地照耀着，树梢的蝉依然"知了知了"地聒噪着，岸边青翠的芦苇依然在微风中摇摆，小河依然清澈见底静静地流淌着，没有人注意到我的变化：从不会游泳到会游泳，从生到死，从死又回到生。那一刻，我幼小的心中是否对生命有了深刻的认识，我不知道。但我深信，我今日对生命的深切感悟，是从小河教会我游泳的刹那开始的。生命是一条小河。那条生命的小河，在每一个人面前都呈现出冰冷和温暖，绝望与希望，生与死，祸与福，它们紧紧地扭结在一起，成为浑然不可分割的一个整体。

那天，扛着锄头、铁耙、铁铲，挑着土筐的村人，冒着烈日，汗流浃背地把两岸的泥土抛向小河，填出一条宽宽的土堤——公路路基。大家只看到公路的便利，而忽略了小河的呻吟。小河无力抗拒岁月的侵蚀，终于变得面目全非，无可避免地消失了。在一个无人重视的白天，在光天化日之下，村人用自己的双手和满腔热情，扼住了小河的咽喉。远在千里之外的城市中读书求学的我，突然一阵心痛，在梦中，我又看见了缓缓向东流淌的小河，岸边吹着芦笛的小男孩，飘曳在空中的瓦片风筝……

小河在我的记忆中依旧缓缓地流淌，成为我生命中不可缺少的一部分。我的记忆也是一条小河，正缓缓地流进二十一世纪的天与地，流进人类历史的汪洋中。我不知道，是小河给我的记忆增添了瑰丽，丰富了我的生命，还是我的记忆成全了小河，让它在消逝后仍能不息地流淌着。或者，二者都有！

荷叶上的水珠

  在我去后林小学的路上，快要到木桥头村时，路西边有一口小小的池塘。池塘很小，很浅，主人每年都用它来养鱼。今年，我发现主人在塘里种上了藕，就这样，一口鱼塘变成了一口藕塘。

  那天，下了整整一天的雨。到傍晚时分雨停了，西边天空还出现了红色的晚霞。夕阳始终没出现，但给人的感觉是夕阳就要冲破云霞，放射出最后的艳丽光芒来。

  放学后，我骑着自行车慢慢地回家。经过藕塘时，我被眼前的美景惊呆了：荷叶挨挨挤挤的，有的平铺在水面，像伸展肢体仰面躺在草地上休息的孩子；有的高高地耸立在空中，仿佛握着一把遮风挡雨的伞；有的钻出水面不久，还来不及伸展开自己的嫩眼，对这世界观望，卷曲着身子，犹如捏紧的拳头；有的刚钻出水面，像一只大蜻蜓掠过水面时被定格的一个特写镜头……

  平铺在水面的每一张荷叶上，都顶着或大或小的几滴水珠，在晚霞的光辉照耀下，呈现雪亮的白，风过处，荷叶抖动，水珠的亮光亦在闪烁颤动，仿佛荷叶睁开了一只只银白的眼，欣喜地窥视着乡村的田野……

  我不由自主地停下车，伫立在塘边，观赏着满池荷叶上的水珠——仿佛能工巧匠雕刻出来的晶莹剔透的玉石玛瑙——在黄昏的乡村田野上尽情地展示着她们特有的美。我仿佛看见了一个装饰一新的T字形舞台，一位位争妍斗艳的妙龄女郎，跨着模特特有的猫步，在眼前款款而过。我仿佛听见了琵琶奏鸣的清音，进入了"大珠小珠入玉盘"

的优美境界……那一刻，对我来说，荷叶上的每一滴水珠，都是一句令人回味无穷的诗句，抑或是一幅"淡妆浓抹总相宜"的写意中国画，一曲酣畅淋漓的《阳春白雪》……我陶醉在这大自然巧夺天工的无限美景之中。这种美，我有幸看到了，感觉到了，并如痴如醉地欣赏着。

如果没有这口塘，如果没有刚才一整天的细雨，如果塘的主人今年没有种藕而是像往年一样养鱼，如果……我还能如此幸运，能欣赏到这无与伦比的美景吗？

"许多美不胜收的奇景都在我匆匆一瞥之后就永远地消失了。西南群山中曾经有过孔雀飞舞的热带雨林，天鹅浮游的高原湖泊，牛羊和羚鹿共同歇息的草原，蝴蝶集会的泉水，宏大庙宇里价值连城、精美古朴的佛像……在50年代以后经历了许多灾难，我仍然以为和它们重逢并非难事。结果，在我旧地重游的时候，它们都像早年我的那些才华横溢的年轻朋友们一样不知所终了，使得我非常地悲哀和沮丧。"（白桦《与美常在》）

世上的美，难道真的只能让你"匆匆一瞥"吗？没有第二次欣赏的机会吗？我眼前满池荷叶上的水珠，或静止或跳动，呈现出的摄人魂魄的美，也会一闪即逝，消失在永恒的天地间吗？如果不幸而没有遇到一个发现她们、欣赏她们的人呢？这美，不就白白地呈现了吗？这美，存在和不存在又有何区别呢？

一只青蛙"扑通"一声跃入水中，像一个优秀的跳水运动员，动作娴熟而优美。溅起的水花滴落在荷叶上，水珠像个调皮的孩子，在荷叶上蹦跳着，不肯停息……红红的晚霞下，有炊烟袅袅升起。池塘边桑枝青翠着，水中的倒影，软软绵绵，弯弯曲曲。各种各样的野草，在四周怒放着花儿……我忽然了悟：欣赏这美池美景的，不只是我一个人，还有头顶的天空，天边的晚霞，村里的炊烟，桑枝上的灰褐色的麻雀，还有周遭各色的野草花……天地创设美景，并不单单是为了我们人类。美景，到处都是，我们能够发现并欣赏的只是其中很少的一部分。美景，是献给天地万物的一份厚礼，能够收到这份礼的，无疑是幸运的……美丽的价值，不在于存在多长的时间，有多少人发现过欣赏过，而在于它存在于整个过程中。能美的时候，该美的时候，一定要好好地美，美个淋漓酣畅，美个浓情如酒，美个风风火火……一处风景如此，一个人更应如此！

当我骑上自行车离开时，荷叶上的水珠依然闪烁着亮丽的白光，依然美丽着……

大地上的声音

　　秋收后，天经常下雨，父亲把稻草拖到桑树地里去晒。那天黄昏，夕阳斜斜地挂在树梢上，西边的天空一大片红霞，甚是壮观。我随父亲去捆稻草。稻草很多，捆了一捆又是一捆。捆了一会儿，我就腰酸腿疼，心中有点烦躁。坐在捆好的稻草上，看父亲，他仍弯着腰、低着头，不紧不慢地熟练捆扎着。农活都是累人的，父亲说。这捆稻草是最轻便的活。我知道，父亲说的没错，拔秧、种田、割稻、打稻、挑谷、挑柴，哪一样活会比捆柴轻松？看着父亲布满皱纹的苍老的脸，过早地出现了白发的头，布满老茧、皮肤皲裂着大口子的双手，以及永远弯着的腰，我的眼中不觉噙满了泪水。农民，这两个普普通通、平平常常的字眼，在许多人的眼中，也许是轻松的甚至带点浪漫色彩，并不觉得有多沉重。但此刻，我却深深体会到了这两个字的真实分量，农民，就像脚下的土地一样深沉，他们像土地一样习惯了沉默、忍辱和负重。在大地上，有人觉得没有一种职业比农民更卑贱，也有人觉得没有一种职业比农民更崇高！

　　就在我浮想联翩时，父亲已捆好了许多捆稻草。我站起来，继续捆着。忽然，我听到了一声"唧"的清脆响声。虽然只响了一声，可我还是听出了那是蟋蟀的鸣声。接着，又接连地"唧唧唧"响了好几声。我停下手中的活，侧耳细听。我无意听时，它叫得响亮，当我有意听时，它却闭口不叫了。蟋蟀好似窥透了我的内心，好像知道它的叫声会引起某种外在的危险。确实，我内心深处有一种想听出它在哪儿叫，听声辨位后捉住它的欲望。蟋蟀停了好久，大概确信危险已除，便又

124

在它的舞台上奏起了管笛。"唧唧唧——唧""唧——唧——唧唧——唧""唧唧唧唧唧唧——唧",蟋蟀的鸣声时缓时急、时高时低、时连时断,极尽抑扬顿挫、婉转优美之能事。我发现,蟋蟀的鸣声是在靠近田边的一株柳树旁发出的。我小心翼翼地靠近,果然,在柳树树根旁的一簇青草下的一块小石头上,一只黑色的老蟋蟀在努力地振动它的翅膀,全神贯注地奏着它的音乐。它是那样聚精会神,以致对我的靠近毫无察觉。如果此刻,我用力扑过去,一定能稳稳地把它捉在掌心。可我,竟听得入了神,一时忘了原先的打算。

这只蟋蟀演奏的舞台很小,很简陋,只有一棵柳树,一簇青草,一块小石头,但它却投入了所有的精力在鸣唱,全身心地投入其中,仿佛这鸣唱是它此刻唯一的工作。我不觉替它惋惜,这么动听的乐声,竟只有我这样一个不怎么懂音乐的观众,岂不是极大的浪费?如果让哪位音乐家听到蟋蟀的鸣叫,那说不定在他们手中就会诞生一曲闻名全世界的乐曲!其实,这只蟋蟀的舞台很大,很奢侈。你看,这舞台的背景是秋收后空旷的田野,是田野背后渐暗的黄昏。观众呢?那千百年如一日地流经身旁的小河,那河边一大片一大片的芦苇,那摘光了叶只剩下头顶一两片细叶的桑树,那桑树地里数不胜数的小草……它们都是观众啊!

傍晚时分,下了一场淋漓的阵雨。电闪雷鸣后,天变得更加澄碧,空气变得格外清新。吃过晚饭,我照例在院中的水泥路上散步,橘树的枝叶上,还滚动着水珠,晶莹剔透,如一颗颗珍珠。扫帚草经不住风雨的摧残,耷拉着脑袋,仿佛害羞的小姑娘。"咕——"院中的一个角落,响起了一声细细轻轻的不知名的鸣声。我好奇地听着,发现那声音是从左边橘树下的泥地里发出的。声音细细长长,仿佛含着水在吹口哨。那声音,水灵灵的,我听到了刚才下雨的气息。

　　父亲也听到了那虫的鸣声。当我问他时，他马上回答，纠正了我的错误："这不是啥虫在叫，这是蚯蚓的叫声。"我以为是自己听错了，惊讶地问："蚯蚓也会叫，也会发出这样响的声音？"在我的印象中，蚯蚓一直深藏在泥里，待在黑暗的地方，样子非常难看，黑不溜秋的，滑滑的外表有一层腥腻的黏液。就是这么丑陋的蚯蚓，也会发出如此动听的乐声？父亲以他几十年农民的丰富经验一本正经地告诉我："在叫的不是你捉来喂鸭子的普通蚯蚓，而是一种大的红蚯蚓。这种大的红蚯蚓，很少，但确实会发出很响的叫声。"父亲的话，使我感到惭愧。我虽然在乡间住了二三十年，是个地地道道的农民的儿子，居然还不知道蚯蚓也会鸣叫。

　　蚯蚓如水的歌声，随着夜幕的降临而显得格外清晰。"鸟鸣山更幽"，我现在觉得，蚯蚓的叫声使整座院子显得更加宁静。我是幸运的，一生中竟能有机会听到蚯蚓独特的鸣声，这鸣叫声，一直响在我以后的漫长岁月中，成为我独特的生命体验。

　　春雨绵绵，一天到晚一刻不停地下着，仿佛天上的一条河流，突然决了堤，一时没办法给补上。雨，除了雨，还是雨。江南水乡，这样的雨天很多，要是在平时，不忙的时候，村人们不大会抱怨天气的恶劣。可现在，正是春蚕饲养期间，村人们天天要摘桑叶喂蚕，而蚕是不能吃被水淋湿的桑叶的，不然蚕宝宝会像我们人一样拉肚子的。父亲把摘来的湿漉漉的桑叶，一张张地摊放在蚕匾中，又搬来一把落地电风扇，对着湿叶让电风扇吹着。"这个要死的天，怎么不停一停，怎么会有这么多雨要下！"父亲皱着眉唠叨着，他嫌电风扇吹干桑叶太慢，又拿来一块干毛巾，一张叶一张叶地擦着。"你看，蚕饿了，吃得一点叶都没有了。它们是饿了，到处乱爬着寻桑叶吃呢！"父亲惦记着他的春蚕——那是他一年中最劳累也是最开心的时候。

父亲擦干了桑叶，马上急匆匆地跑去喂蚕。碧绿碧绿的桑叶，放在雪白雪白的蚕身上，很快就发出了"沙——沙——"的响声。这是蚕吃桑叶发出的声音。这声音，多么像屋外的春雨声啊。我静静地听着。我看到，在蚕吃桑叶的"沙沙"声中，父亲的脸上露出了笑容——脸上的每一道皱纹，都在笑，笑得如此坦然、舒心、无忧。这"沙沙"声，仿佛是蚕儿对父亲说着一声声谢谢。父亲像个孩子似的，陶醉在这声音中。

那一天放学回家，我站在院中的晒场上，偶尔抬头，见空中有两三只鸟儿在盘旋，也没在意那是啥鸟。身边的月季，新萌的嫩绿的枝叶，已经长出一大截。橘树刚开始抽出新芽，那米粒般大小的花蕾，还看不出花的模样，也像叶一样是绿色的。笔挺的水杉，像英国绅士一样，不慌不忙地欢迎春的到来，细长的叶子才长出几片。"叽啾叽啾叽——"头顶传来熟悉的鸟叫声。这时我才注意到，刚才在空中盘旋的一只鸟停在了我家阳台上的晒衣铁丝上，一身黑色的羽毛，光滑漂亮，腹部却是白色的，原来是从南方刚回来的燕子。

这是去年住在我家的那只燕子吗？那么，刚才的叫声，是它在向旧主人问好吗？此后的每天早晨，我从睡梦中醒来，迎接我的，是那只燕子的鸣叫声。"叽啾——叽啾——""叽啾叽啾叽啾——""叽——叽——叽啾——"燕子不厌其烦地鸣叫着，声音高低错落有致，节奏快慢相间。令人奇怪的是，一连几天，都只有这一只在叫，而不是一对。我天天听着燕子的鸣叫，却听不懂它在说什么。它的声音中，透着欢快、兴奋，也似有一种焦急在其中。它在歌唱春天的温暖？它在呼唤另一只伴侣的早点到来？它在诉说自己对早晨的感受？或许，什么都不是，它只是觉得嗓子痒，随便发几声练练嗓子？

燕子的叫声，我始终没听懂。当这只燕子成双成对在梁间穿来穿去、呢喃不休时，我仍没听懂。我听不懂燕子的语言。其实，我们人类，都还没能听懂燕子的语言。我们不知道燕子为什么在那里鸣叫，不知道那长长短短的叫声代表什么意思。这也是件极正常的事。我们人类，对于自己同类人说的话都还没能全部听懂，哪还能奢望听懂不是同类的燕子的声音呢？

吃过午饭，舅舅说："咱们去看太湖吧。"我拍着小手蹦着跳着。虽然居住在太湖南岸不远处的小村，靠太湖很近，可我对太湖仍是非常陌生的。记忆中，我还从没看到过太湖是啥样的。

舅舅用一辆旧永久牌自行车带着我和哥哥，我坐在车前的横梁上，哥哥坐在车后的后凳上。只一会儿功夫，舅舅拍着双手说："快下来，太湖到了。"

正是深冬季节。地里没有任何庄稼，一眼望过去，尽是一片黄色。我顺着舅舅手指的方向望去，只见一大片枯萎了的芦苇。不见太湖，两耳却听到"哗哗哗"的水浪拍岸的声音。那时，我人太小太矮，无法透过密密高高的芦苇望见太湖的全貌，便一个劲嚷着说看不见。舅舅带我俩转了一个大弯，来到一处收割了芦苇的地方。太湖，终于一览无余地对我敞开了心扉，彻底地暴露在我面前。可是，我却迷路了。转一个弯后，我失去了方向，不辨东西南北。我不知道，自己面对着的太湖，是在我的北面还是在南面，抑或是东面、西面。我并没能走进太湖的心，我只是在它的门边，往里张望了一下，听到了它单调的"哗哗哗"的浪声。

"太湖无风三尺浪。"舅舅这样告诉我。好大的一片水啊，一望无垠的全是一浪一浪涌着的水。那浪声，隐隐中透露着太湖的秘密。这秘密是什么？是对云聚云散、沧海桑田的感叹吗？是对匆匆过往的生命的怜悯吗？波浪一个接着一个，浪声一声连着一声。这是一幅冬日苍凉的画卷，静静地锁进我年幼的记忆中。多少年后，我还能听到，那一声声不断涌来的浪涛声！这，是历史的涛声啊，我怎能忘记呢。在这浪涛声中，一个人出生了；在这浪涛声中，一个人逝世了；在这浪涛声中，一个时代诞生了；在这浪涛声中，一个时代结束了……

我们的大地是位杰出的音乐家。他用各种各样的乐器演奏着天地的音乐：那秋天的蟋蟀，阵雨后的红蚯蚓，春天的蚕宝宝，有剪刀似的尾巴的燕子，一波连一波的浪……都是他手中熟稔的乐器。大地上的声音很多，风声、雨声、鸟声、河流声、溪水声、海洋声……大地上的声音很多也很美，只是我们都在忙于干各自的事，过各自的生活，没能静下心再去仔细地听听大地上的声音。这，实在是现代人的一大遗憾！

一场大雾

　　清晨起床，推开门一看：啊，好大的雾。浓雾笼罩着大地。二三十米远的一棵棵水杉，朦朦胧胧，似有似无，模糊的影子依稀可见，像幽灵似的伸向远方，伸向什么也看不见的虚无。相隔只有百来米远的洋湾村，在浓雾中消失得无影无踪。那曾经熟悉的三层黑瓦白墙的高楼，那错落有致地分布着的村人的房屋，那远远近近、村里村外的各种大小树木……全都看不见了，全都消失了踪影。听不见一声狗吠，听不到一声鸡叫，使人不由得怀疑，在那儿是否真有一个村庄还存在着。洋湾村，是否整个逃走了？一夜之间，一个村庄悄无声息地消失了，这样的事曾有过吗？一个村庄，为什么要隐藏起来呢？村庄里的人呢？是否也在一夜之间随村庄远遁了？

　　好大的雾！一眼望去，除了雾，还是雾。我站在原地，东南西北旋转一圈，看到的是一个令人窒息的牢笼样的细圆。在这圆中，只有几棵树，孤零零地在雾中守着属于它们各自的梦，一声不吭。也许，树还在沉睡，还未从梦中醒来。太阳，也在雾中沉睡，阳光还未穿透重重的包围，降临这大地。白天虽然已经到来，但太阳依然在睡梦之中，没有醒来。太阳，是否经常这样，疲惫和酣睡，让它没能及时地醒来？这大地，是否雾太多？但我确实感知到，近段时期以来，降临村庄的大雾越来越多，越来越频繁了。在这圆中，还看到几只麻雀和小鸡的身影，麻雀依旧在屋顶、树梢上聒噪，小鸡依旧在地上刨坑觅食，它们不管雾不雾的，仍在按部就班地过着自己的日子。

　　大雾中，我环顾四周见到的是一个细圆——就像井底之蛙见到的小而远的井口样的天空。没雾的时候，我见到的是什么呢？是不是也只是一个细圆，仍只有井底之蛙见到的小而远的井口样的天空？

我想起许多年前我生命中的另一场大雾。那场大雾，是在我的梦中存在，还是生活中实实在在的存在，我已经记不清了。但，我确实有那样一场漫天大雾的记忆。那场大雾，就像一阵黑色的狂风，遽起于我的生命年轻之时。我的眼睛失明了一样，看不清眼前的任何东西，树木、田野、村庄、炊烟、鸟儿、小河……一切就像一个梦一样，突然都从眼前消失了，只留下虚无缥缈的梦一样朦胧的影子。我失去了方向感。我不辨东西南北。我迷失在回家或离家的路上。我失去了时间感。我不知道那是在清晨，还是在黄昏，还是在夜里。我像一只没头苍蝇一样，四处乱飞乱撞。太阳、星光、理想、真理、正义、革命、崇高、伟大……一切美好的东西，都没了用处，都像秋后的寒蝉一样，鸦雀无声，不露出蛛丝马迹。在大雾面前，一切显得多么渺小轻飘，大雾让一切全都撕去了漂亮的时装，只剩下它们本来的面目——谦卑地隐姓埋名！

我的生命中，为什么会有这样一场大雾？我的生命中的那场大雾，别人能看得到吗？是不是每个人的生命中，都会有一场大雾弥漫，或迟或早，只是我们其他的人未曾注意？

大雾改变了所有事物的存在。百来米外的洋湾村，在我眼前消失了。在洋湾村的人，同样也看不到我居住的村庄。我听见喜鹊"恰恰恰"的叫声，但我找不到喜鹊在哪一棵树上，喜鹊和树，都在看不见的远方待着。我知道，在更远的远方，汽车放慢了行驶的速度，打开雾灯，像魔鬼的眼睛。在更远的地方，几架次飞机的航班被迫取消或推迟了。我也知道，又有谁会丢失了方向，不辨东西南北；又有谁会丢失了时间，使自己整个迷失在浩瀚的时空当中。

　　大雾改变了每个人的一生。有人该出门去乘汽车、飞机，却还待在家中没有出门；有人该往东走，却不知不觉中走向了完全相反的方向；有人用枪瞄准一只大鸟，打中的却是一片树叶……大雾是何时起的，我们不知道；大雾是何时散的，我们不知道。在大雾中，我们每人都只顾低着头匆匆前行，趟过一条又一条河，越过一座又一座山。等到雾醒时，眼前忽然一片明亮，阳光普照大地，蓦然惊觉：你的头发白了，我的胡须白了；你的牙齿掉了，我的眼睛花了……你我都老了。

　　大雾笼罩了一切。我生命中的那场大雾，我还没有走出。我还在大雾中，跌跌撞撞地前行（也许是后退）。我因要寻找走出大雾的路而写作。何时我能走出那场大雾？

坐在泥地上的孩子

冬日的一个星期六，我在家照料着三岁的小女家家。虽是虚岁三岁，可家家已颇懂事，说话的口气俨然像个大人。走楼梯时，我想拉着她的手扶她一下，没想到她却用胖嘟嘟的小手一把推开我，坚决地说："爸爸不要拉，家家自己走！"看着她一本正经的模样，令人忍俊不禁。又如，我刚说一声："吃饭了。"女儿就拿过小凳子放在饭桌旁边，站上去朝着桌上瞧。我微笑着对她说："你不是一个人在小桌子上吃吗？怎么上大桌子了？"只见她把头摇得像个拨浪鼓，说："家家不在小桌子上吃，家家要在大桌子上吃。家家是大人了。"直说得全家人都笑了。

那是一个难得的好天气，冬日的阳光下，我懒洋洋地在屋檐下晒太阳，一只灰色的小猫趴在我的脚下，打着瞌睡。晒场上立满了收上来的稻草结，散发出泥土和农作物特有的芳香气息，给人以一种娴静、温馨的感觉。两三只家养的母鸡咯咯咯地在院子里漫步，不时地用脚爪搔着地，寻觅着散落在地上的谷粒和偶尔还透着生命的绿色的小草叶。四五只黑色羽毛的呆大鸭，拖着笨重的身躯，步履蹒跚，行走的速度老是慢吞吞的，可也自有其雍容华贵的气派，仿佛一位大腹便便的长者。院中已过了收获季节的橘子树，仍碧绿着，显示出常绿树木的独特风姿。最令人称奇的是院中那棵与女儿同岁的桂树，从阴历八月起开始开花，至今已连续不断地开了四个多月，而且愈开愈多，愈开愈香。就是这样一个温暖的冬日的上午，九十点钟模样，一户普通农家的庭院中，一位父亲和女儿在屋檐下晒太阳。

女儿一刻不停地动着，要叫她在小凳上坐着不动，那是比登天还难。只见她一会儿拿起红色的灯笼汽车，推着它往前开；一会儿抱着一只黄色的布老虎，拍着它说是老虎要睡觉了；一会儿奔跑着追赶母鸡，惊得它们叫着飞走；一会儿拿起粉笔在水泥墙上歪歪扭扭地随意涂鸦，也算是创作她幼儿心中的写意画；一会儿踢着小足球，咯咯地笑着……

难得的一个双休日，我本想多抓紧时间读一点书，可由我一人照料着小女，书是读不成的了，便索性不去想它。望着女儿奔东奔西，忙忙碌碌的身影，我由衷地欣赏起她的无忧无虑和她对游戏的执着程度来。她的笑声是那样自然，完全地发自肺腑，仿佛是春雨中的油菜苗，碧绿娇嫩。她的动作是那样轻捷巧妙，犹如一位杂技演员在舞台上的熟练表演。女儿不怕脏不怕累。趁我一不留神，她就一屁股坐在地上，又是爬又是滚。当我再次看到她时，她那崭新的嫩黄色的毛线衣裤上，已经沾满了泥土。我本能地冲口而出："家家，衣服脏了，快站起来。"

女儿抬起头，朝我睁着迷惑的大眼，眼中充满了委屈和乞怜。理智告诉我，自己又犯了一个大错：我们大人，为什么仅仅为了少沾一点泥土，就忍心剥夺孩子寻求快乐的天性呢？衣服干净和快乐，究竟哪个重要？也许，我们的长辈也这样呵斥过我们，但就因为这，我们还要延续上一辈所犯的错误吗？

我不忍心再责备女儿，我要还给她自己寻找快乐的自由，还给她亲近自然的自由。女儿用目光征询着我的意见，我用沉默来鼓励她继续自己的游戏。一开始，她变得胆怯，坐在地上一动也不动，渐渐地，她又忘了我的存在，在地上随意地爬着滚着……

暖暖的冬日，青翠的橘树，馥郁的桂花，悠闲的母鸡，慵懒的小猫，笨拙的呆大鸭，坐在泥地上的孩子，在瓦垄上跳跃的麻雀，还有远远的几声狗吠……一切是多么富有诗情画意啊！

一只布狗

　　这是一只嫩黄色的呈坐姿的布狗，颜色的清雅不仅令小女喜欢，像我这样的大人也对它心生爱意。布狗全身毛茸茸的，摸上去柔软、光滑，像抚摸真狗一样。布狗有电熨斗般大小，它的眼睛是椭圆形的，会转动，黑眼珠随着转动方向的不同，呈现出不同的形态，仿佛它有感情，一会儿对你怒目圆睁，一会儿对你脉脉含情，一会儿对你冷嘲热讽，一会儿对你漠然麻木……小女的玩具很多，这只布狗是小女众多玩具中特爱的一个。有一段时间，小女天天抱着它，把一整天一整天的时间都用来与它对话。

　　小女与她的布狗究竟说了多少话，说了哪些话，我也不能全都知晓。我只是偶尔听到她说的一些话而已。比如叫她吃饭时，她会一本正经地对我说："爸爸，狗狗也饿了，它也要吃饭。"又如她小便时，也会想到布狗也要小便，便说："爸爸，狗狗也要小便了，你叫它蹲蹲呀！"有时，她会用左手抱着布狗，像个大人似的用右手拍狗的屁股，嘴里自言自语："狗狗要睡觉了，你们声音轻点！"……诸如此类的话，还有许多，记也记不完。总之，在小女眼中，布狗不是一只玩具狗，也不仅仅是一只有生命的真狗，而是一个有血有肉、活生生的人，是像她一样的小孩。

　　对我们大人来说，一只布狗，就是一只布狗，一个微不足道的玩具而已。然而，在小孩的眼中，这布狗完全变了样，变得有生命，会说话，会行动，善解人意。为什么会有这种变化？我们大人称小孩的这种不分事物大小的态度为幼稚、天真。我们视自己的现实为成熟、有知识。

然而，对这一只布狗的态度，是我们大人对还是孩子们对呢？

圣·埃克苏佩里的童话《小王子》中，主人公小王子说过这样一段话："只有小孩们知道他们在寻找什么，他们会为了一个破布娃娃而不惜让时光流逝，于是那布娃娃就变得十分重要，一旦有人把它们拿走，他们就哭了。"对此周国平在《给成人读的童话》一文中说："孩子并不问破布娃娃值多少钱，它当然不值钱啦，可是，他们天天抱着它，和它说话，便对它有了感情，它就比一切值钱的东西更有价值了。一个人在衡量任何事物时，看重的是它们在自己生活中的意义，而不是它们能给自己带来多少实际利益，这样一种生活态度就是真性情。许多成人之可悲，就在于失去了孩子时期已经拥有的这样的真性情。"小女对一只布狗的态度，充分说明了上述论断的正确性。孩子，可不像我们大人一样，总是睁着一双势利的眼，而对其他的一切视而不见。孩子，永远睁着一双好奇、天真、幼稚的眼，说出令我们大人汗颜的真话。孩子，在这一点上，实在是我们每一个大人的老师。

布狗，小女没玩几天，就变得污迹斑斑，肮脏不堪了。虽然龌龊了，可她仍喜欢着，整天抱着它，与它说一些只有她俩才听得懂的悄悄话。又不知过了多久，这只变得丑陋无比的布狗不见了，小女想起时又向我讨，我告诉她：布狗不见了，不知道被你丢到哪里去了。她好像努力回想着，转动着眼珠，可想了一会儿，终究没想起扔在哪里。没有要到布狗，小女哭闹了一阵，而后便忘了。我也以为她忘了，因为许多天过去后，她一次也没提起这只布狗。渐渐地，我把这只布狗彻底地忘了。

有一天，小女又想起那只布狗，她好像无意中偶尔想起便问我："爸爸，我的布狗呢？"那一刻，我大为震惊。我自以为懂了自己的女儿，以为她忘了布狗。其实，我并没懂女儿，我只是懂了自己——我像所有的大人一样，对布狗不屑一顾，没记在心上。我不禁为大人脸红。天真、幼稚和真性情，其实就是对童年的记忆和向往。而又有谁，不是在这种记忆和向往中逐渐远离着自己的童年呢？

　　每一种玩具都是一段童年的记忆。

　　每一段童年的记忆都是人类真性情的表现。

　　每一种人类真性情的表现都是童年的重现。

小英

　　小英是我小时候的玩伴，她比我哥哥大一岁，今年三十三岁。

　　小英长得并不漂亮，属于相貌一般的女孩。只是由于她在十二生肖中属羊，便无缘由地有了一个多舛的命运。我们乡下农村中，一直有这样的一个迷信说法：女人属羊，不败娘家就败夫家；男人属羊，出门不带余粮。这话的意思是说，同样是属羊的，男的就好，女的就坏。因此，每到羊年，该生育的妇女都尽量不怀孕，怕生个羊姑娘。

　　我不相信这一前人经验的总结，认为这是彻头彻尾的迷信。但也有信的人，小英的父亲就是其中的一个。当小英还只有几个月时，她父亲就想把她给扔了，说女人属羊不吉利。他把她放在羊草筐中，趁天黑，偷偷地背到镇上，把筐放在街上的显眼位置，他自个儿躲在远处，偷偷地观察，希望有人能把她给抱走领养。太阳升得老高了，还没有人要这婴儿。"哇哇哇"的婴儿的啼哭声，终于唤醒了做父亲的良知。他又背着筐，把女儿背回了家。进村，有人见了他，问他上街干什么去了，他无奈地撒了个谎：买了头小猪。谁知，来人想看看他买的猪，把遮在筐上的草帽一拿开，事情就水落石出了。他羞得满脸通红，无地自容。小英是他父亲买来的猪，这就成了村里一个公开的笑话。

　　日子虽苦，但小孩的生命力是最顽强的，小英长成了水灵灵的大姑娘。俗话说，男怕选错行，女怕嫁错郎。然而，对于小英来说，没有选择男人的机会。迷信和偏见，使男方家的父母一听说女方属羊就马上回绝了。转眼，小英就成了大龄姑娘。直到二十八岁那年，她才嫁给了一个穷小伙。第二年，她就生了个白白胖胖的儿子。我替她高兴，以为这回她算是苦尽甘来，熬出了头。哪料想，那男人根本没把她当人看待，更不要说爱了。他经常毒打她，还伙同他父母，三个人一块儿打她，把她赶回娘家。

在回娘家的日子里，小英有一天来我家玩。当说起婚姻和爱情时，她的眉头就紧锁了。她的婚姻不如意。我告诉她："如今是什么年代了，如果实在无法过日子，你可以提出离婚的。"她幽幽地说："我是嫁鸡随鸡，嫁狗随狗。一切随命。"我真有点哀其不幸，怒其不争。可我除了劝说她几句外，帮不上任何忙。

今年正月，母亲告诉我，小英又被她夫家赶了出来，年都是在娘家过的，两三个月都没有回去，她男人也不来叫一声，传言说她男人不要她了，叫她滚。

暑假中，母亲又告诉我，小英肚子痛，去城里医院检查，听说不是很好，是肝癌。能治愈的可能性很小，只是多花几个钱，晚死几天而已。听到这消息，我惊呆了，两行热泪不禁潸然而下。都说好人一生平安，可小英没做任何错事，上苍为什么要给她这样悲惨的命运？

娘家和夫家都很贫穷，没有多少钱给她治病。在医院的病床上，小英一个劲地大叫着要回家去，她冲父母喊："你们要把我家的钱都花光啊，我还有个儿子啊，还要留给他用啊。一个人，早晚要死的，花那么多冤枉钱干什么！"

两个月后，也就是一个星期前，小英离开了这个可爱的世界。早就听说过这样的话，说一个人，到了中年，就有性子急的儿时玩伴，匆匆告别赶着去另一个世界报到。我还不到而立之年，只有二十九岁，可小英就急着告辞前行了。

村上，从此又多了一个女人属羊不吉利的例证，成为人们茶余饭后的谈资。

驼子阿爹

　　驼子阿爹已入土四五个春秋了，可他的音容笑貌依然时刻出现在我的眼前，仿佛他还没有离开人世，还活在我们身边。

　　驼子阿爹曾救过我的命，这是我听母亲说的。那时，我还是睡在摇篮里的婴儿，由于家里贫困，父母都去生产队干活，家里一个大人也没有，只剩下我一个人在摇篮里睡觉。不知怎的，大概是我醒了吧，竟不安分地用一双小手将小被子棉袄等都拉到了自己的头上，一下子给蒙住了脸，我开始大哭，呼吸越来越困难。正在这时，驼子阿爹打这经过，听到了我的哭声，他破门而入，把我脸上的东西拿走，我得救了，没有被闷死。直到现在，我一看到那扇破了洞的门，就激动不已，仿佛那洞是一个遥远的传说。

　　驼子阿爹就住在我家隔壁，说起来他家和我家还是亲戚。由于他是驼背，因此个子很矮，我读小学时就已比他高了。他性格开朗，很活泼，十分喜欢孩子，因此我特别喜欢和他在一起。他好像永远长不大似的，有一颗赤诚的童心。我亲切地喊他"驼子阿爹"，而他的真名我反倒不知道。我清楚地记得与他在一起最大的快乐是去看电影。小时候，我们农村经常一个村一个村地轮流放电影，不管远近，我和他总是每场必至。我们小孩个子小，在后面看不见，他个子也小，所以我们总是坐在银幕前面的泥地上看。露天看电影，虽然没有现在城市电影院里那样舒服、雅致，可我们仍乐在其中。每次看电影回来的路上，我便问他刚才放的电影的内容，哪个人好，哪个人坏，我俩总是争得热火朝天。有时，我会抬头看着天空的星星，问他一些他也回答不了的"荒唐"问题。

驼子阿爹一向勤劳俭朴，是中国农民的典型。他每天起早摸黑地干活，一点也不知道休息。看着他驼着背，像企鹅似的左右手前后摆个不住地走路，我的心就有一种压抑感。这样一个善良忠厚、老实勤劳的庄稼人，老天爷为什么要这样惩罚他呢？真的如那些幸灾乐祸的人说的那样，是他前世作孽之故吗？在我幼小的心灵中，强烈地感觉到老天爷的不公正，但那时，我不知道这世上其实没有老天爷，他的驼背是比老天爷还狠毒的现实造成的。

在我感觉到老天爷的不公时，我就千方百计地想知道驼子阿爹变成驼背的原因。皇天不负有心人，我终于弄清了事件的来龙去脉。原来，他刚生下来时，也是像我们一样正常的孩子。一天，吃好饭，他母亲把他放在饭桌上，自己则拿着碗筷到河边去洗。这时，灾难降临了，他在桌上爬着爬着，一不小心摔了下来，他的哭声惊动了他母亲，她飞快地跑进屋，事情已经无法挽回，只见自己的儿子躺在地上，一个劲地哭着。那时，像他这样贫穷人家的儿子，哪有钱请医生，只有求菩萨保佑的份。几天几夜撕心裂肺般的哭泣后，终于，他眼泪哭干了，嗓子也哭哑了，渐渐地止住了哭声。一天，二天，三天……他幼小的躯体发生着变化，背部渐渐地隆起，隆起……看到他慢慢地长大，长成驼背，他的父母虽悲痛欲绝，可也无可奈何，只有怨命，认命罢了。

驼子阿爹很是疼爱我，他家与我家的关系也一向很好，但我没想到的是，在我第一年去城里读中专时，父母写信来说驼子阿爹因造房子的事与我家吵了一架，这一架吵得很凶，我父亲还去他家哭了一回。父亲在信中说，驼子阿爹不知怎的，一改以往的形象，像发了疯的狮子，又吼又叫，叫人见了害怕。我看着信，眼前又一次浮现了好久不见面的驼子阿爹，还有父母，不知不觉中我已泪如雨下。

我依然爱我的驼子阿爹，虽然父亲说我家与他家关系已搞僵了。

读中专二年级时的一天，父亲来信说驼子阿爹害痨病死了。这个消息犹如晴天霹雳，我的眼前一下子模糊起来。我知道他一向身体硬朗，很健康的，这怎么可能呢？可白纸黑字写得明明白白，是谁也无法否认的。我怎么也想不到，那次匆匆的一别，竟会是我最后一次见到他。我第一次感到死亡的悲哀和凄凉。

事后，我得知他是因腹水去世的，没死前身体已鼓胀如球，原来驼着的背，被胀直了。他的死相很惨，惨不忍睹。母亲说他是干活累死的，他一天到晚拼命地干，病轻时本来休息几天医生说是会好的，可他却不这样做，后来就一病不起了。也有人说他本来是不会死的，是他领养的儿子不孝顺，不给他钱看医生所致。我因为不在场，也不知道确切的情况，只有疑心的份。

驼子阿爹下葬后，开始几天，还听到人们谈起他，说他的死因，说他的悲惨的命运，甚至有人还说他与某某女人要好的事，没过多久，就听不到有关他的事了。人们渐渐地将他遗忘，只有那片黄土地和桑树记得他的以往。

驼子阿爹的坟按他的遗言安在他父母坟边，旁边种着一棵大的柏树，还有一棵万年青。我的心如夜幕般沉重，望着他坟前摆动的小草，一切是那样平淡，一切是那样不起眼，在田野里，他已经沉默四五年了。而我在他坟边，仿佛又听见了他温和的话语，看见了他慈祥的面容……

碗子阿爹

我和哥哥到外婆家去时，碗子阿爹（我的外公，早已与外婆离婚）总要过来看我们。"你们怎么又来了？这样懒惰啊，不帮帮你们太公去割点草。快回去！"这话是他每次见面对我们所说的欢迎词，语气中透露着严厉和溺爱。

但我当时不大懂得他的一片好心，只觉得他穿得破破烂烂的，脸上皱纹横七竖八，说话又那么凶，很害怕他，希望以后去时不碰到他。那已是十多年前的事了，现在想想，那时我是多么傻，为什么没能领会他对我们深深的爱呢？

我经常和碗子阿爹顶嘴，母亲责怪我太不听话。有一次，他来我家做客，我家刚造好房子，正在填屋里的地皮泥。他来后，就帮忙挑泥、敲地皮，我在一旁玩耍，他生气地叫我也去敲敲地皮，我竟负气地说不用他管，气得他第二天就回家去了。事后，我很后悔，但我性格内向，一直没勇气向他去表示我的忏悔。这是我很遗憾的一件事，我没能在他生前向他认错。

每次去外婆家，他照例在第二天请我和哥哥去他家中吃饭。他一向过着清苦的日子，一年四季不吃荤，吃素的也很少用油，一斤菜油他要用上一年半载的。我们去后，他总用一块刚买来的肉款待我们，好像我们是什么贵宾似的，他竟破了荤戒，烧肉给我们吃。那时，我在家难得吃到肉，见了这肉我就大吃大嚼起来。吃饭时，他还不时夹菜到我们碗里，边夹边和蔼地说："吃吧，吃吧，一块也别剩下，你们不吃完，就没人吃了。我是不吃的，你们全吃了吧。"他那种宁苦自己，也不能苦了我们的做法，使我暗地里流泪。他为什么这样苦自己呢？为什么不多吃点荤腥鱼肉呢？虽然他有时会管我们，而且很严，但我心里却是很爱他的，自从那次把他气跑后，我再也没和他顶过嘴。

一次，我无意中问母亲，外公为什么被人称为"碗子"。母亲给我讲了一个故事，我听得如痴如醉。原来这名字，包含着一段血泪的历史。在碗子阿爹出生前，曾有过两个哥哥，大哥一生下来就去世了，几年后，二哥出世了，安然长到了三岁，又掉进河里淹死了。外曾祖父哭得死去活来，后来听人介绍，去问了"马家"（农村中的巫婆神汉），"马家"说他家命中注定要绝后。外曾祖父虔诚地恳请"马家"，指一条明路，千求万求后，"马家"答应了，叫外曾祖父去附近的一所寺庙里偷一只碗，埋在家里的床下，这样就可得子，但这儿子一定要经常吃素。后来生下他后，他父母因是用碗换来的儿子之缘故，所以给他取名为"碗子"。

外婆很早就离他而去，另嫁了人，很长一段时间，只有母亲跟他相依为命。我一直以为，外婆和他闹离婚，肯定是有了很大的分歧才如此的。谁知，那天我问母亲，母亲却告诉我，两人也没什么大的不同意见，那时是中华人民共和国成立不久，人民政府提倡男女平等、婚姻自由。外婆响应号召，做了村里的妇女干部。做了村干部，自然需要打扮打扮，那时，有一种新的布料，叫凡士林布，做衬衫用的。外婆见别人穿着凡士林布衬衫很好看，很洋气，便回家向外公讨要凡士林布，也要做一件凡士林布衬衫。外公的父亲坚决不同意，并说外婆不守妇女的本分，数落她不该出去抛头露面做什么村干部云云。

就为了一件凡士林布衬衫，外婆和外公闹了离婚。当时正赶上恋爱和婚姻自由，又加上外婆是妇女干部，一提出来，离婚马上就批准了。离婚时，母亲只有五岁，还不理解离婚的意义。母亲仍去找妈妈，外公和外公的父亲，便死死地拉着她，不让她往东走。母亲告诉我，外曾祖父是真的凶，他为了不让她往东走，竟将她往死里打。一次，母亲的爷爷拎着她的头发往回拖，把头发都扯下来不少，并恶狠狠地警告说，如再往东走去看妈妈，就打断她的双腿。外婆改嫁的原因，令我匪夷所思。一件凡士林布衬衫，竟然会使一桩婚姻走向结束，谁能想得到？

母亲与父亲结婚后，碗子阿爹就一个人孤零零地生活着。母亲很想接他来一起住，由于家庭经济困难，总是一拖再拖，不能如愿。

读小学四年级的一天，我正在课堂里上课，母亲慌慌张张地跑来，哽咽着说碗子阿爹死了，是被汽车撞死的，在八里店附近。我看到母亲红肿的双眼，心里一阵酸楚。母亲说，由于时间紧，叫我就别去了，她和我的哥哥、父亲三个人去就可以了。那天接下去的课，我不知上了些什么，脑中出现的全是碗子阿爹的脸，一张和善的每条皱纹都在笑的脸，突然，又变成了一张鲜血直流的可怕的脸。那夜，我做了个噩梦，梦见自己也被汽车撞死，在半夜吓醒了。

几天后，母亲回来了，我马上问她，碗子阿爹究竟是怎么死的。母亲平静地告诉我："阿勤，碗子阿爹这一辈子真是太照顾我们了，他死了，也不用我们一分钱，他真是太苦了。"

事情是这样的。"他年纪大了，生产队叫他只看看鸡，在晒场上翻翻稻谷。'也该他命要去了，不知怎的，抽烟时竟把穿在身上的棉裤给烧着了，我叫他到你家去，路上顺便在戴山剪些布做衣服，他也说好的，答应了，可又不知怎的，他却去了八里店。'外婆这样说。到八里店剪好布回来时，碰到外婆也去八里店，因此叫他等等，说带几个馒头回去。外婆看着他撑着伞，慢慢地走远。当外婆回家时，却发现他已被撞。这汽车驾驶员倒还好，没有逃，马上叫了救护车，可他在去医院的路上就已经断气了。"母亲说到这时,又流起泪来。我十分伤感。像他这样的好人,上天为什么不让他寿终正寝呢?他的突然离去,是我第一次感到人生的短暂,死的可怕,命运的不公。

碗子阿爹的死离今天已有十多个春秋了,每年逢过节祭祖时,母亲总要唠叨他,怕他进不了我家门而总是用纸钱"请门神",我想,有没有门神,有没有鬼魂,都是不重要的,重要的是有这一份深深的怀念和真挚的爱。清明扫墓,意义大概也在于此。

太公

　　早想为太公写点什么了，可一直像茶壶里煮饺子一样，一拿起笔就卡住。今天又看见太公蹒跚的步履，佝偻的背影，不禁又想提笔疾书。

　　写太公的什么呢？

　　他虽然生在乱世出英雄的时代，可他出身贫寒，目不识丁。因此他没有令人生威的名声，没有趾高气扬的派头，没有幸福美满的生活。他有的是饱尝战乱的颠沛流离，有的是遭灾的忍饥挨饿，有的是"早年丧父，中年丧妻，老年丧子"的人生三大悲痛。

　　太公生于光绪二十六年，庚子年，也就是公元1900年。父母为了祝福他将来能过上好日子，取名为沈经山，"经"通"金"字，取金银堆成山的意思。然而人的美好愿望，在残酷的现实面前总是不堪一击，像秋风扫落叶一样，总归于凄凉、冷寂。太公又名沈金福，他的唯一的一枚印章，刻的就是"沈金福印"四个字。我从来没有见他用过自己的印章，故而，他的印章在我眼里是没用的。因此，这印章，在我学篆刻时偷偷地磨掉了上面的字，而改刻了其他的字。那时，不知珍惜，可惜得很。

　　太公年轻时身强力壮，干过许许多多的活。他曾在地主家做过长工，也曾打过短工；替老板跑过生意，替日本人挑过银洋（被枪押着）。因此，他到过好些附近的码头，杭州、宁波、温州、金华、无锡、苏州、扬州等，他都去过。一次我去无锡旅游，行前，问他曾到过没有。只见他深陷的无神的眼，突然迸出明亮的光来，脸上的每一道岁月刻下的深沟深壑都仿佛一下子笑了起来。他无限感慨地说："怎么没到过？无锡、南京、苏州、杭州我都到过，只有上海没到过。我老了，这辈子上海是去不成了。"我偶然地一问，仿佛勾起了他老人家的回忆，他兴致勃勃地说起了自己的经历，我聚精会神地听着。他说到一次做生意回家，坐着船。当时，正是日本人侵略中国的时候，陆路到处都有日本军队盘查，就是水路也时常要遭遇这种危险的检查。那次，太公为了防备被突击检查，将钱全放在一个草苫（用一把柴挽着，用来在灶里烧火）的下面，草苫特意放在显眼的船头上，自己则顺势坐在船头的草苫上，船慢悠悠地航行着，太公一副坐在船头观赏两岸风景的模样。这一招果然奏效了。日本兵上船检查时，翻遍了船里的角角落落，就是没有检查放在船头的草苫。太公凭着自己的智慧，安全地将现款带回了老板家，得到了老板的夸奖。

太公最大的一个特点是爱劳动。我不知道他除了在田间劳作外，还会干其他的什么事，我甚至怀疑他会不会休息，会不会玩。自我懂事起，他在我眼里就一直是勤劳的模范。每天他总早起晚归，一天到晚像老黄牛似的在田间任劳任怨。而农活，一年四季都是干不完的。我见他不是在田埂上割草，就是在地里除草，在没有其他农活时，他就与草作对，进行彻底的清理。在家里，他干得最多的活还是在厨房里烧饭。他因年迈，喜欢吃软的饭。因此，他烧的粥和米饭是不分的，几乎差不多。也就是说，他烧的粥像稀的米饭，而烧的米饭就像干的粥。

年老了也许真的又会回到年轻时候的状态，太公像个小孩似的，一天到晚顾着吃。记忆中，星期天，我在家总会听到他这样的喊声："阿勤，烧饭了！""阿勤，烧夜饭了！"

烧菜，当然也是太公干的活。那时，经济拮据，上街买菜是不大有的，除了逢年过节。每次卖豆腐的来村里，太公总要买一点豆腐。年轻的我，吃豆腐吃怕了，以后一见到豆腐就反胃，头疼。

　　太公的身体棒得令人嫉妒。他一年四季不会害大病，偶尔有点头痛脑热的，睡一觉就自己好了，根本不用打针吃药。他常常对我说："阿勤，穷人家，无病便是福啊！"到如今，他已度过九十三个春秋了，到了风烛残年的最后时光，虽然有老态龙钟之感，却仍是精神矍铄，令人羡慕。我问他有没有养生的秘诀，他和蔼地说："我哪知道什么养生？我只知道早睡早起，太阳升起前的卯风吹吹对身体最有好处，不信，你以后试试看。"

　　他说的倒也是实话，我没见他特意讲卫生，也没特别讲究营养。对他来说，讲卫生和营养是不实际的，因为他年轻时，能填饱肚皮，不挨饿已是蛮不错的了。到 1960 年，快过完一个花甲时，太公遭遇了"三年自然灾害"，还让老年的太公流过一回泪呢，为的仅仅是中饭时我父亲独自吃完了唯一的一个南瓜。面对空空的黑锅，饥肠辘辘的太公不由得流下了热泪。

　　太公的生活并不舒服，也经历了许多痛苦的日子，怎么会如此长寿呢？这始终是村人关心的问题。太公曾经和我说，在他还年轻时，有一回他赶着回家，有一个会看相的人与他同路。两人一同走着，边说边聊，说得投机，临别时那人便告诉太公说："你的寿命很长，你会长寿的。"太公问："你怎么知道的？"那人答："我从你走路的姿势上看出来的，一个人有一个人的走相。你的走相我看出你会长寿。"太公说，真让那人说准了。太公又告诫我："不要算命，也不要信算命先生说的话。这么说，是不是说算命算不准？不是的，一个我很要好的算命先生曾对我讲过，一个人是有命的，命也是可以准确算出来的，但算命的为了好拿钱，他往往在替人算命时，将以前经历过的事都告诉你的，但对以后的事，就只说好的，不说坏的。所以算命是没用的。这也是没办法的事，为了好拿钱，混口饭吃吧。"

据我的猜测，太公之所以身体健康，能够长寿，是因为他的习惯好，他的习惯与养生之道正好相符。他的早起，他的爱劳作，无不与现代的长寿之道相符。另外，他还有一个养生的秘密。那是夏天的事。我和哥哥经常下河游泳，太公便告诉我："一个人，像泥鳅一样，身上是有滑衣丝（泥鳅身上一层滑滑的黏液）的，这层滑衣丝是保护身体的。因此，不要经常洗澡，一洗澡就将这滑衣丝洗掉了。当然，也不要因此不洗澡了，卫生还是要讲的。"我不知道，太公讲的对不对。可他确实是这样讲的，也是这样做的。我看到他到河边，只是用水冲洗一下，马上就上岸来。有时，水都不用，只是用毛巾擦擦身子，就算是洗干净了。

太公也抽烟。以前几年，他抽的是老烟，用旱烟管吸。他说香烟不过瘾。尽管如此，在我小时候，由于家庭经济的拮据，太公还是不能经常买上老烟，吸上老烟。怎么办？太公想出了一个既经济又实惠的办法，那就是去捡别人丢弃的烟头。

那时，农村经常放露天电影，一场电影过后，地上总留下许多的烟头，第二天一早，我总是赶去帮太公捡烟头。当我将捡来的一大堆沾满露水的烟头捧给太公时，他的脸上总是露出慈祥满意的微笑。一年前，市场上没有老烟卖了，我特意为他买了三角一包的香烟。出乎我意料的是，他竟不像以前每拿到老烟时一样冲我笑，他没接烟，而是一本正经地说：

"阿勤，我不吸烟了。"

"怎么，你戒烟了？"我疑惑不解地问。

他斩钉截铁地点点头，对我笑笑说："近来身体不行，一吸烟就咳嗽，我想还是戒了吧。"

太公说戒烟就真的戒烟，这又是我意想不到的。据说，人吸烟是会有烟瘾的，我看到许多年轻或壮年人想戒烟，戒了几次，都没成功。

而且，越戒烟，如果复吸，烟瘾就越大。我太公，在九十多岁时，说戒烟就一下子真的把烟戒了，这勇气是多么大啊。可见，那些年轻人戒烟，之所以戒不掉，完全是自己不想戒，如果自己真想戒，没有戒不掉的。

太公的一生，是极其平凡的一生，像许许多多名不见经传的百姓一样，默默无闻地在这大地上走过，而后又消失。他把自己的生命精力都献给了生他养他的黄土地。正因为平凡，我才对他敬佩。在叱咤风云和默默无闻之间，我知道后者同样不易。我不知道，这两者如果让我来选择的话，我该选择前者还是后者。有一阵子，我曾选择后者，这不仅仅是因为后者更亲切，更实在，更感人，还因为后者才是历史的真正缔造者！但有一阵子，我又选择前者，因为我觉得"雁过留声，人过留影"，像太公这样默默无闻一辈子，活着和没活着又有什么区别？这样活着，是否太窝囊，太自欺欺人？

太公的一生，是极其朴素的一生，像地上的小草，在自己所处的位置上无悔地度过自己的一生。我觉得，他唯一应感到遗憾的是：因不识字，而不能把自己所看到的、听到的、想到的记下来，留给后来人一份精神财富。他虽然经历过，但不能算是个完完全全的历史见证人。因此，有时我又想，太公这样活一辈子，是否有意义？他死后，谁会知道他曾爱过、恨过、喜过、悲过、生活过呢？甚至，谁会知道这大地上曾有过我太公这样的一个农民呢？

但愿我的记录能让外公的一生留下一些痕迹……

父亲的照片

在我的相册里，珍藏着父亲唯一的一张照片，那是他四十一岁时办身份证拍的一寸黑白证件照。

照片上的父亲正慈祥地微笑着，露出一口洁白的牙齿。一头短而乌黑的头发，梳得很整齐。淡得几乎没有的眉毛下是一双小小的单眼皮眼睛，它们也是微笑着的。身上穿着的是现在早已不流行的中山装。

每次我打开相册，看到父亲的这张照片，我都心潮起伏，无法让自己的心平静下来，有好多次我都在不知不觉中湿润了双眼……

父亲一向忠厚老实，从不故意捉弄人。他总以诚待人，总以为别人也会像他对待别人一样对待他。可人心叵测，生活无常，虽然他一次次地受骗，遭人戏弄，但他仍对人生有着美好的看法。他相信人本善，他宁愿叫天下人负他，也不愿他负天下人，与那个三国时被称为"奸雄"的曹操正好相反。有时我也曾无情地嘲笑过他的老实，因为时下不是盛行"老实就是无能"吗？可话一出口，我就后悔了。我有什么理由打碎他那个向往真善美的愿望呢？

父亲一向态度温和，可亲可敬。像他的性格一样，他干活也是慢吞吞的。不管是种田还是割稻，他总是最慢的一个，但他对工作认真仔细，高度负责的态度，又不得不令人钦佩。母亲常抱怨父亲干得慢，与他争吵，但他每次只说一两句话就沉默不语，没有了对手，架也自然吵不成。父亲的忍耐让人嫉妒，母亲的唠叨，他总是轻而易举地承受。父亲的忍耐又叫人愤怒，有时明明是别人的不是，他也不据理力争。

父亲不善交际，外面几乎没有什么朋友，虽然有九个拜把子兄弟，但他不喜欢求人，也不喜欢帮助人。他向往的是自给自足的自然经济。每当干活时少点什么，如铁耙，镰刀等，他总不愿开口向别人借。当有人向他借工具时，他也不情愿借给别人。

父亲很会知足，不管时代怎样前进，发生怎样日新月异的变化，他总是和以前比。看到我要买赛车、买彩电时，他就说："这些有什么用？我就是这观点，能吃饱就蛮不错了。"

我家很是贫穷，上有九十岁的太公，下有念书的我和哥哥。全家的重担全落在父母身上。

父亲任劳任怨，一天到晚像老黄牛似的在田间干活。事实是自从改革开放，谁更早去经商，谁就先富裕，所以父亲落伍了。现在，我们农村有这样一句话："谁家田里稗草多，谁家的钱就多。"说的是，那些田里不长稻，让田荒芜着，长着稗草的人家，都是外出做生意经商去了，所以会钱多。哎，可惜父亲还没有醒悟过来！

父亲对我和哥哥格外爱护，十分体贴。他常把我们和他小时候比，想到他自己那时的艰苦，他对我们的爱就更加无微不至。他对我们说："我从不打你们，但你们可要有自知之明。不要学流氓，要做一个有骨气的人，替父母争气！"不管是什么活，只要他一个人能干的，他就从不打扰我们，叫我们去帮助。他宁愿自己一个人多干几小时，也不愿我们受苦受累。每次看到他一个人在田间默默地干农活，我就不忍心细看。为了不辜负父亲的一片苦心，我和哥哥更加努力地读书。那时，我们唯一的想法是，自己要考出好成绩，回报父母。

也许是老天有眼，1986 年，我和哥哥一个考上了中专，一个考上了大学。收到入学通知书的那天，父亲特地买了酒菜，在家庆贺。

虽然我读完中专后，又回到了自己的家乡工作，能和父亲天天见面，但我还是嫌见他的时间太短。白天我上班，无法见到他，只有下班吃晚饭时见见面。父亲睡得早，晚上见面的时间也不多，再加上现在父亲出去做小生意，以此来填补家中瘪瘪的钱袋，因此见到他的时间是越来越少了。

前天晚饭时间，我一个人正在吃饭，天下起了雷阵雨，狂风和骤雨横扫着沉闷了许久的大地。父亲做小生意还没回来，我担心得饭都吃不下了。直到父亲回家后，我才如释重负地安下心来。

虽然父亲有许多不足之处，但我还是要向世界大声宣布：他是世上最好的父亲，是最伟大的人！我为有这样一个知我、爱我、疼我的父亲而自豪！

我之所以觉得父亲是最伟大的人，我想主要是在于他教育下一代的方法。他教育我们从不采取压服的方法，而是耐心地说服我们。我常常看到这样的情景：一个小孩犯了点小错误，父母像警察似的一个执鞭，一个执棒。那小孩屈服地哭泣着，有时连哭的权利都被剥夺。虽然这是为小孩着想，但我仍不能因此原谅那对父母的野蛮和无知。他们只知道要好结果，而不知好的果实是怎样结出来的。他们往往不是拔苗助长，就是刻舟求剑。

今天，我又一次打开尘封的相册，又见到父亲那熟悉的穿着中山装的照片，我心里充满了深深的内疚。我为自己无力让父亲过上舒适的日子而内疚，为他一把年纪了，还要起早贪黑地奔波而内疚！

用文字珍藏爱

虽然当时已是九十年代，但我仍是经媒人介绍才认识妻子的。

认识她时，我二十四岁，她比我小三岁。那时，我觉得自己岁数还不大。但生活在农村，父母在耳旁一直唠叨个不休，说再不找对象就是大龄青年了。难拂父母的好意，于是，我答应老人家托媒人介绍，去见见对方。

她那时是普通的农家女，在乡服装厂上过班，后从厂里出来，在她姨娘处学裁缝做衣服。每次与她的见面都是在缝纫机旁，缝纫机的马达声，敲边机的嗞嗞声，就成了我俩谈话的背景音乐。

我俩的交往没有时下电影中的浪漫故事，没有爱得死去活来的山盟海誓。偶尔，也进城逛逛，或者上电影院看一回外国进口大片——《未来水世界》；我们也在月光下的小径漫步，也曾穿过雪后的田野……一切，似乎都是平平常常的。就这样，在不知不觉中走过了三个春秋与冬夏，我们领了大红的结婚证书。

我喜爱读书。在教书的八小时之外，我把所有的业余时间几乎都用在了读书上。每次去城里，我都要去新华书店，带回一两本自己心爱的书。我喜爱文学，我把文学创作当作是自己的第二次生命。沉醉于书籍，也许有点不合时宜。妻不止一次地提醒我，说我这个人太死板，太没浪漫情调，但她说归说，仍一如既往地支持我读书写作。我爱她，除了她心地善良，勤劳本分之外，很大程度上，是因为她不鄙视我读书写作的爱好。

在家里的书桌旁，与妻同看我的文章，是一件浪漫的事，所以我想到的最浪漫的事，是有一天我能写一篇有关我俩爱情故事的文章，在结婚纪念日那天，把印有该文的报刊杂志，递到妻的手中，关上电灯，点上蜡烛，在跳动的幽幽的烛光下，两人共读，重温旧日往事……千百年之后，仍有人能看到，我用文字珍藏着的爱。

胡林

胡林，不是谭家湾村的人，他是距此三里外的三家村的人。在谭家湾，有他的一个亲戚——他的姐姐——因此，我也能经常见到他。

胡林，我不知道他姓什么。看样子，他也不在乎别人知不知道他的姓。我们村和附近的人，都管他叫"痴子胡林"。意思无非是说，他是个傻瓜。因此，我也不能确切地说，他的名字叫胡林，我不知道他的真实名字，我只是跟着别人这样称呼他而已。

其实，知不知道他的真实姓名又有什么关系呢。在村上，又有几个人的姓名能走出村去，让村外的人知道，让远方的人知道呢？姓名是什么？还不是一个符号？每个人都是相似的，太易于遗忘，聪明人才想出这招，给每个人标上个记号，免得相见时认错。给人取个名字，就像给汽车上张车牌一样，便于上路而已。在你活着的时候，这个姓名并不能代表你的全部——中国人太多，同名同姓的也不少——死了，更不能代表你。

姓名，只是代表了你的一小部分，就像我说起谭家湾，说出的并不是完整的一个村庄，而是村庄零星的一部分，比如村中的一声狗吠，一缕袅袅升腾的炊烟，一只在树荫中一展歌喉的黑鸟，一只偷吃鱼而不捉老鼠的大肥猫，一位在冬日的屋檐下晒太阳的老人……

我曾多次看到胡林一个人在路上走。只见他穿着一身肮脏的破烂衣裤，没有领子，我怀疑那原是和尚穿的灰色袈裟，没有补丁，任破洞张开着大嘴，吞噬着迎面吹来的风。裤脚管被撕成了一条条的布条，不知是被村上的狗撕咬成这样，还是一路的风吹成这样，只有他自己明白了。肮脏就肮脏着吧，破着就破着吧，他不在乎。

每次见到他，他总对着我笑。那种露出满口黑黄的牙齿的傻乎乎的笑，使人想起鲁迅笔下的祥林嫂，或者是被赶着去屠场的待宰杀的羊。他不只是对我一个人笑，我见到他几乎对每个人都在笑。吃了上顿没下顿，一日三餐都靠乞讨为生的他，是怎样做到笑着面对每一个人的呢？我无法知道他在笑什么，为什么笑。面对风风雨雨的人生之路，我们又有几个人能做到笑着面对一切呢？难道他真是个呆头（傻子）？难道一个人只有发呆了（变成傻子），才能做到对每一个人笑吗？那么，那个一直笑着的弥勒佛呢？

胡林走路的姿势很特别。他永远不走路的中央，总是在路边上，侧着身子大步地奔过去。他仿佛对每一个走过他身旁的人都感到害怕，想远远地躲逃开去，去一个人的世界生活。我从没看到胡林和谁一起同行过，他总是独来独往，像一匹旷野里的独狼。

事实上，我们又有谁，不是独自走在属于自己的路上呢？我们曾与人真正同行过吗？一个人，从降生的那一刻起，便因害怕孤单而哇哇大哭，便开始了寻找同行的伙伴。寻找，是每一个走在路上的人所做的事。只是，寻找的结果，往往是"前不见古人，后不见来者"，于是便只好"念天地之悠悠，独怆然而涕下"。哭泣声，一路上此起彼伏，悲壮辽阔。胡林一路的笑，仿佛虔诚的诵经老太手中的一串念佛珠，有种梦幻般的不真实感。我们常不敢轻易抓取。

那天下午，我从菜市场经过。市场里人来人往，讨价还价的喧闹声此起彼伏。那是尘世的热闹一景，也是红尘的普通一景。

买好肉，推着自行车，我从市场的东头回家。就在市场的尽头，靠近一座古老石桥的水泥地上，一堆稻草里，躺着一个跣足鹑衣的人——那就是胡林。在一片菜市的喧哗声中，他却睡得如此安详，深沉——正打着呼噜——确实令人震惊，令人羡慕。我晚上经常失眠，有时一晚上只睡着两三个小时，大半夜都醒着，无法入眠。我不知道，在村里，有多少个人像我一样晚上睡不着觉而忍受着失眠的痛苦呢？不是呆头的我们，为什么会失眠？为什么会整夜整夜地睡不着觉？我想起一位老校长说起他妻子——由于失去爱子的打击，多年前早已发疯——的话："人发疯了，好像真有点特异功能。她吃馊的饭，馊的粥，馊的菜，从来没有吃坏过肚子，拉过肚子，而我们不发疯的人，吃一点点就会腹泻，拉肚子拉得要命。而且奇怪，她还特爱吃馊的，让人受不了。更奇怪的是，她自从发疯后，从没感冒过。别的小毛病全没了。"一个人发疯了，其他的病都不会缠身；一个呆头，在喧闹的市场旁边也能呼呼大睡。这是不是上苍在向我们有意暗示：有得必有失，有失必有得呢？我们见到过只有得而无失的情况吗？我们见到过有百利而无一害的事和物吗？

胡林，不像一般的乞丐那样挨家挨户地乞讨。他不这样做。在某种意义上，他也不算完全是乞讨、白吃。哪一个村上死了人，不管是男人、女人，年老的、年轻的，胡林都会去乞讨——吃豆腐饭——在乞讨前，有人便和他开玩笑："胡林，你会哭吗？给哭一个吧，给你一瓶酒喝！"胡林咧开嘴笑："哭就哭！"想不到，胡林的哭还真不赖，还真能哭出点悲戚的音调和气氛来。据听过他哭的人讲，他的哭常使人发笑。人们让他哭得很悲伤，只是拿他取乐而已。一回哭，二回哭，渐渐地，他仿佛就干起了替死人哭的营生。也确实有这样的情况：一户人家死了人，家里没人会哭，就会主动去请胡林来，让他冒充亲戚，跪在尸体旁边，一有客人来吊唁，就让他代替主人哭几声。哭的工钱是没有的，可几天的饭菜，他讨到了。

双抢农忙时节，村人既要抢收麦子，拔秧种田，又要摘桑叶养蚕，常常忙得焦头烂额。有人见胡林一天到晚闲着，四处去讨饭吃，便给他出主意："你帮我家干活，摘桑叶也行，拔秧也行，种田也行，只要你肯干，饭菜我供应，也省得你四处奔波，一天到晚去讨饭。"谁知他一听，双眼往上一翻，不屑一顾。回答："我不干。干活太吃力。"听到这话的人，全都张大着嘴，一时半刻合不拢。都说他是"呆头"，其实，他一点也不呆。

"干活太吃力！"胡林说出此话时，无意中成了说真话的天真的"诗人""思想家"。仔细想想，我们每一个人，谁不是为粮食而拼命工作？一个人有一个人的挣粮方式，有人做木匠，有人种田，有人去工厂上班，有人画画，有人写诗，有人唱歌，有人跳舞……每一种挣粮方式都是平等的，没有哪一种特高贵，没有哪一种特卑贱。那么，胡林挣粮的方式，我们有什么理由嘲笑他呢？

今年春天，田野里油菜花盛开的时候，一天傍晚，全家人正在吃晚饭。母亲很随便地轻轻说了句："胡林死了，就是那个呆头胡林！"我问："胡林死了？是怎样死的？"母亲的声音还是轻轻的："昨天夜里，有一个捉田鸡的人，在渠道里照到胡林，见他摔在渠道里，不知是死是活，那人没去叫醒他，也不去喊人帮忙，仍去捉田鸡了。到今天早晨，他才告诉别人，说胡林掉在渠道里，说不定死了。人们去一看，果然淹死在渠道里。他是在一户人家吃夜饭，喝得酩酊大醉，回来的路上，不小心掉进了渠道里。"

像胡林这样一个无儿无女的光棍的死，没有人会在意。人们很快就会忘了他。对一个村庄来说，胡林的死，就像秋天枯萎了一根野草一样平常。

在一个季节，一个人悄悄诞生，又在另一个季节，又默默地逝去。村庄，是一把镰刀，收割着一茬茬人的生命。那么，谁是握镰刀的人呢？

那个收获者是谁？我知道，那个收获者肯定不是我。我也是像野草一样。村里，又有谁不是野草一样的生命呢？

　　注：本文写好后，才得知死的不是胡林，而是另一个呆头阿根。对村人，对远方的人来说，死的是胡林还是阿根又有谁会在意呢？因此，我决定不对文章做修改。对死去和活着的人来说，胡林和阿根本来就没什么区别。一如地上的小草和蚂蚁。

看机埠的人

昨夜风雨大作。

今天清晨，我起床推门一看：村前面的水稻田全都沉没在水中，昨天刚插下的秧苗，连秧梢也不见一点，只有白茫茫的一大片，仿佛那儿不是水稻田，而是一大片湖泊。村人们开始议论纷纷。"机埠水泵怎么不开呀？如果夜里就打水的话，现在这里就不会沉田！""现在机埠是啥人在看管？他哪有原来的平先这样好？""平先这人真是上心思（认真负责），如果夜里下大雨，他半夜里也会起来，去机埠打水，等到天亮，雨下得再大，村人也不会看见水沉田的事。""平先是老党员呀，思想好，现在谁还会有他这样的思想境界！""也不要去讲闲话了，现在看机埠，给人家碾米碾糠，又要打水，一年能有多少收入？这点钱，还能叫人家怎样？"

下了一夜大雨，机埠没人去打水，把田给沉了。由此，有人自然而然地想起了机埠的前任看管员——平先。每次夜里下大雨，平先都起床去机埠，在别人躺在床上呼呼大睡时，他却打着手电，穿着雨衣，冒着瓢泼大雨，向机埠的方向一步步地迈进。当到了机埠把水泵的闸刀捅上，看到水泵里的水喷涌而出时，他的心才如释重负似的平静下来，嘴角露出了一丝微笑。一夜大雨后，人们从来没看见过沉田的事，人们对平先的默默奉献习以为常，对此渐渐地熟视无睹，以为那是他的分内之事。如今，当村人看到田被大雨淹没之后，才想到平先的好处来。

我们是否总是这样？在别人默默奉献时，我们往往视而不见，以为别人本应该如此？如果没有昨晚这一夜狂风暴雨，如果没有今晨村人看到的稻田沉没的事实，村人还会想起平先吗？

　　记忆中，平先没有换过别的什么工作，打我记事时起，他就一直在机埠上工作，这和我们一贯的宣传相吻合，"干一行爱一行。""愿做革命的螺丝钉。"他就是那枚一头扎进机埠的螺丝钉，对机埠里的碾米机、水泵等机器，了如指掌。特别是碾米机，有点问题，别人修不好，只要他一动手，没有修不好的事。前一段时间，机埠曾有两个人在一起工作，除了平先外，另一个人我们都称他为"乌龟阿邦"。阿邦碾米的技术，一点也不精通，碾出来的米，总是有许多谷粒，碾四五遍后，还是没法全变成白米。而如果换成平先，他只要碾两遍就行了，最多不超过三遍，而且米中几乎没有一粒谷。可阿邦不但不谦虚谨慎行事，还要不懂装懂，在人面前神气活现，态度蛮横。村人都不喜欢阿邦，轮到他值日工作时，没有人去碾米。那时是生产队吃大锅饭，这倒便宜了阿邦，让他白挣了工分。他呢？也乐得偷懒，白天在机埠里睡大觉。我想，给阿邦起"乌龟"这样的外号，大概就是讽刺他不学无术、得过且过、偷懒嗜睡这几点吧。

　　平先为人和蔼可亲，老少和睦。记得我十六七岁模样，有时父亲没空，就由我挑着大半担谷去碾米。虽然我长得高，但力气不大。每次平先总是热情地帮我把谷抬起来倒进碾米斗中，一箩筐大米，他一个人就能举过头顶。虽然那时，他已经五六十岁了，他不只是对像我这样的毛头小孩好，对其他的村人也都是如此。他给我的印象是：他是真正做到对所有的村人一视同仁的人。大人、小孩、男人、女人，每次见到他，他都在对你笑，仿佛生活在他面前，没有什么沟沟坎坎，是一马平川。

　　事实并非如此。听父亲说，平先很早就丧了妻。妻亡故后，他没再续弦。原因据说是，他见到村里别的有了后妈的孩子，都遭到了后妈无情的折磨。他不忍心自己的子女，也步那些可怜的孩子的后尘，便毅然地决定不再娶妻。他几十年如一日，含辛茹苦地把两个儿子拉扯大，又当爹来又当妈，其间的辛酸有多少，只有他自己清楚。

平先的死，很富于戏剧色彩。前年上半年，他身体还棒棒的，天天在机埠上班。当有人问起他怎么样时，都说自己还打得死一只老虎。不知怎么回事，有一天，他突然想叫村上的百斤算一命。百斤据说是村上唯一懂很多算命知识的老人，他替平先一年一年地算下去，就像两个老人在冬日的屋檐下边晒太阳，边话说家常。当算到前年这一年时，百斤面无表情，沉默不语。在平先的再三催促追问下，百斤才说：算到今年，就算不下去了……他没有说到寿终的话，更没说到死的字眼，然而，平先却固执地坚信：算不下去，就是没命了，就是死。于是，人们看到，他像完全换了个人似的：辞去干了一辈子的机埠管理工作，天天上街进茶馆聊天，人也遽然变瘦，变得人们认不出他来了。第二年，他就离开了人间。对他的死，村人照旧议论纷纷。有人说，这是给百斤吓死的，都是百斤不好。有人说，他是吃甲胺磷毒药水死的，是自杀。有人说，他是吃大量安眠药死的。也有人说，他是因村里的财务拆了烂污，怕机埠上的财务也受牵连，给吓死了……一切的议论，都是捕风捉影，都是流言蜚语而已。事实的真相，只有他自己明白了。

世上的许多事，也如平先的死一样，都只是给村人提供了议论的话题而已。议论，也不是出于关心，也不是出于想发表鸿篇大论去说服别人。议论，只是随便说说，只是表明一个人还活着，还有说话的力气而已。把话说完以后，一切也就过去了。不管这议论的话题是有关一个普通平民百姓的，还是有关一个红得发紫的影视明星，还是有关国家大事的一国元首。

天亮了。机埠的水泵开始抽水，尽管有两台水泵开足马力使劲抽，但是能使那么多田沉没的雨水，不是片刻就能抽完的。直到傍晚家家户户的烟囱里冒出袅袅的炊烟时，我家田里的秧苗才看见短短的一截秧梢。

"还是平先好啊，如果他在，这田里的水早抽干了。"父亲无限感慨。

一个人死后，能有机会让别人忆起他的好来，他便是有福的人。不管他生前是王侯将相，还是布衣乞丐。平先，就是这样有福的千千万万人中的一个。令人感到遗憾的是：这世上，为什么还有一部分人，不去做让别人记着他的善，忆着他的好的事，而偏偏要去做让别人记着他的恶，忆着他的恶的坏事呢？

外地人

　　我家屋后有一条小河，小河水由西向东长年累月不停地缓慢流淌着。河北岸原本有好几户人家，屋前的空场地上，经常有小孩、大人嬉戏说笑的身影。后来，有一户人家的女主人上吊自杀了，又有一户人家的一个三岁小男孩掉在门前的小河里淹死了，这两户人家便先后搬走了——搬到河南岸安了新家。此后，又有几户人家先后搬了家。到我记事时起，河对岸就只剩下了两户人家：一户是一直被称为外地人的金一家，一户是光棍阿兴家。其实，真正算得上有妻儿老小人家的，只有金一一家。没有妻子儿女，一个孤零零的老男人，能算是一户人家吗？至少，这样的家是不完整的。

　　就这样，金一一家孤单地居住在小村的一角，与整个谭家湾村远远地隔开。打我出生前，这一家人家就被村人称为外地人。我不知道，外地人是什么样的人。我更不知道，为什么称他一家人是外地人，而其他的人都是本地人。是不是因为他家与整个村远远地被河隔开了，所以才这样称呼他们？如果他家也搬过河来，是否就算是本地人了呢？小小的我，常常站在小河的这一边，透过芦苇叶的缝隙，偷偷地窥视着彼岸。此岸是本地人，是谭家湾村人，彼岸是外地人，不是谭家湾村的人。我觉得大人的世界好奇怪，同样是人，为什么就有本地人与外地人的区别呢？我觉得这条小河好神奇，那么简单地一划，就分出了两个迥然不同的世界！

　　我努力试着找出外地人与本地人的不同，试着找出叫他们外地人的原因。这样小心细致地寻找，总能发现一些情况。比如，金一一家的大人，说话的语言和口气与爸爸妈妈和村人们不同。我曾仔细地站在旁边听过他一家人之间的对话，但一句也没能听懂。又比如，他家常年养着一条大黑狗——那是一条怎样的大黑狗啊，使我见了两腿直打哆嗦，不敢走近半步，面对它，仿佛面对的是漆黑的夜。而村上其他的人家，都从来没养过一条纯黑色的狗。所以我对他家的所有观察和聆听，几乎都是隔着小河的，都是远远地进行的。我不知道，这种距离，是否会使观察和聆听到的一切失真。在这世上，距离使我们每个人彼此觉得放心、安心，可也正是这距离，使我们每个人彼此之间造成不必要的误解、隔阂，甚至是相互仇恨。

我不知道自己的努力有没有用，我的观察结果正不正确。这一点也不奇怪，我们许多人一生都不知道自己的努力有没有用，也不知道自己一生的观察结果正不正确。我还是不知道金一家是外地人的原因。是因为那条隔开他家与村人联系的小河吗？是因为他家人与村人不同的语言和口气吗？还是因为他家养了一条不让村人轻易靠近的像黑夜一样的大黑狗？或者都不是，或者都是？

金一家也曾试过一次搬家。他也像其他几户人家一样，想把家安到河南岸去。对于这想法和行动，我是极力支持的，因为一户人家单独地游离于整个村庄之外，总不是什么好事，不管是对这户人家来说，还是对村庄来说，都是一种不圆满和不完美。一个村庄，就像一个有血有肉活生生的人，是各种器官统一的整体。怎么能随便地让一双手、一对耳朵或一只眼睛单独地丢弃在一旁而不管呢？

那年，正好轮到我父亲当生产队长。金一来找父亲填建房申请表时，我听到父亲这样告诉他："我个人是完全同意的，我是生产队长，你叫我签个字也可以签，我不会为难人，但我要提醒你，你选择造房的是承包田，而不是地，虽然这是你的承包田，但如有人反对，村上的签字就有困难，乡镇府里签同意更困难。"父亲签了同意后，他走了，他走时的眼神却告诉我，他也在担心。他最后对父亲说的话，也同样透露出他的不自信和无奈："不管批得准还是批不准，试试看吧！"说这话时，他已将造房用的大毛石运到了将要造房的水稻田里。他是十二万个诚心，想在那田里安个新家的。

我第一次体会到安个新家有这么多的困难。我第一次知道，家，不是你想搬就能搬走的。家，不是水面上的船，你想换个地方，用竹篙撑一下就行了。家，更像是一棵树，我们看到的只是它泥面上的枝和叶，而占大部分的泥面下的根，我们都没能看到。"人挪活，树挪死。"一棵树，经不起几番折腾，如果你把一棵树经常地从一个地方种到另一个地方，这棵树十有八九会死掉。家也一样。家也需要合适的泥土和养分，才能让家健康平和地生存下去。果然不出父亲的所料，村里几户有头脸的人家都站出来反对，反对金一把房子建在村东南角的水稻田里。建房申请表，在第二关的村里就被否决了。

后来，在全家人共吃晚饭的饭桌上，父亲叹着气对我说："金一家没能在那田里造新房子，是因为他是外地人！"我惊愕，造房子还和这有关系？我问父亲："为什么？"父亲告诉我："他是外地人，在这地方，没有啥亲眷好友，没有人给他出力撑腰。如果换成有势力的本地人，要在哪造房子就能在哪造！"

我一直都没能弄明白金一家被称为外地人的原因。后来，我问父亲，父亲帮我解答了这个多年来一直想知道的问题：他家是从外地搬来的，不是本地人。那年他家响应号召，支持国家建设新安江发电站水库，从很远的新安江搬到这里安家落户。叫他家是外地人的原因就仅仅是这吗？那么，一户人家，在一个地方，住多久才算是本地人？十年？二十年？上百年？上千年？这标准是由谁定的？这个叫谭家湾的小村上的其他人家，都是世世代代原本就居住在这儿的吗？从没离开过，也从没有人家搬进来过吗？这是件不可思议的事。村上的本地人，其实，在更久远的以前，也都是外地人，都是从遥远的地方搬来的移民！

家，就像一棵树，在一个地方待久了，自然地就会根深叶茂，自然地就让它的根与别的人家的根紧紧地纠缠在一起，而不是彼此孤独地分离开。金一家的房前屋后，虽然也种着许多树——杏子树、桃树、橘树、银杏树、桑树等——也蓬勃地显示出枝繁叶茂的旺盛生命力，但这些树，还没完全适应这里的土地和空气，还没完全读懂这里的土地和空气。这些树的根，扎入泥土还不够深，还彼此孤零零地存在着。当一棵树和一棵树的根，能紧紧地纠缠联系在一起时，他家自然地就成了本地人。

其实，无所谓是本地人还是外地人。我们每一个人，都只是在一个地方短短地待了数十年，谁能上百年、上千年地在一个地方待着不动？所谓的本地人，也只是表明他（她）的祖先在这个地方曾生活过而已。本地人和外地人是相同的，都只是这小村的匆匆过客，就像穿村而过的小河里的一滴水，就像村东头一棵古樟树上的一片绿叶，就像村里一只报晓的公鸡身上的一根鸡毛……

又是一年清明

"清明时节雨纷纷"，又是一年清明，又是阴沉沉的天和细细绵绵的春雨。

我和母亲拿着清明粽子，还有蜡烛和一些纸钱、锡箔纸折的元宝，来到太公的坟前。那是一个水泥浇筑的方形的坟，经年的雨水冲洗，留下了一道道深灰色的印痕。在一大片的桑树地里，太公就占了那么小的一块地方，长年眠在这里。坟，是逝者的家。不，坟，不仅仅是已逝先人的家，在某种意义上讲，坟，是所有人永恒的家。这大概是中国人之所以如此注重过清明节的原因，这大概是中国人之所以信奉入土为安的原因吧。春雨如牛毛般绵绵地下着，无声无息。周围，是一望无垠的桑树地。桑枝上，正萌发着嫩绿的新芽——那是春天的眼，在注视着大地上的一切。远处，是一大片金黄金黄的油菜花，仿佛铺在地上的一大团熊熊燃烧的火。

父亲早我们一天已独自上过坟，在太公的坟上，放着一大块用铁铲新铲上去的泥，泥上的青草密密麻麻，这青色，扫去了水泥坟单调的灰色。母亲用火柴点燃了一对蜡烛，把粽子挂在坟前的桑枝上，又虔诚地点燃纸钱和元宝。熊熊的火光中，我看见母亲向太公的坟跪拜着。我也学母亲的样，向太公跪拜。突然，一切显得朦朦胧胧，轻轻飘飘起来。我感觉，自己好像在做梦，或者做戏。

太公生前还活着的最后几年，母亲是怎样待他的呢？"你这个老不死的！"母亲经常把这话挂在嘴边，对着太公喊。更让人难以忍受的是，每当父亲夹一些好吃点的荤菜给太公端去时，母亲就无缘由地找父亲的麻烦，和父亲吵架。外公几年前因车祸离世时，正值母亲有能力可以接他来家里享福。这成为她心中永恒的痛。她为没能尽自己的一份孝心而深深地遗憾着。因此，她见父亲尽孝心待太公好时，就心里嫉妒，就吵着不让父亲好好待太公。我不知道，这嫉妒是不是人类的劣根性，但我知道，这嫉妒确实能使许多人的爱心丧失殆尽。

现在，母亲年年清明来太公的坟前祭拜，这是表示她对他的深深思念，还是表示她对他刻骨铭心的忏悔，还是仅仅是完成仪式做个样子给活着的人看？我们的许多仪式——比如结婚讨亲仪式，死人摆豆腐饭的仪式等——都已演变成了做戏，都是在做给别人看而已。

这一大片桑树地，是我们沈家的祖坟地。太公的坟，就在这片坟地的最东边。在他的西边，有他妻子和儿子的坟，还有隔壁的驼子阿爹、太公、太婆的坟，还有太公的上辈祖先们，都长眠在这里。

太公辞世时，已实行火葬多年，所以太公的坟最小，里面放着的不是棺材，而是一只方方的木骨灰盒。比我家太公晚死几年的隔壁的太公（太公的弟弟），当然也实行火葬，可他的坟却做成小屋的模样，很大，里面放着的是一只长方形的木头制成的大棺材。只是，棺材里躺着的不是他的尸体，也是一只方方的小小的木骨灰盒。

那年，驼子阿爹临死前，向他的父亲讨一副好的木棺，那时，驼子阿爹的父亲——就是我家西隔壁的太公——还健在。儿子的死，并没能改变他的意愿，他不肯把自己百年之后要躺的棺材先给儿子用。由于他的固执己见，驼子阿爹终究只能在一副水泥浇筑的冰冷的棺材中安息。

那年，三三两两地传来农村也要实行火化火葬的消息。西隔壁的太公害怕得要命，他两腿直打哆嗦，跑来找我家的太公，问害怕不害怕火葬。太公倒挺想得开，说："人死了，就像死一只鸡、一只鸭一样，死后就一切都不知道，哪还管他睡棺材还是被烧掉。"西隔壁太公心里的害怕一直未能消除。他太爱那口自己早年备下的棺材了——那是他心中最后的家。他想早点死掉，赶在火葬实行前死去，可终没有勇气让自己早点结束生命。他虽然做梦也想睡棺材，可时代的发展，已无可挽回地把一些东西彻底地吹走了。一个时代，就像一阵大风，它来时，总会刮走一些东西，比如一只鸡身上的一片羽毛，一棵树上的一片叶子，一个人心中的小小的愿望……西隔壁太公想睡棺材的梦想，正是属于被风刮走的行列。

春雨仍在轻轻地下。

母亲和我走在回家的路上。我们每一个人，都走在回家的路上。那家，就是我们的来处，就是我们各自的祖坟。那儿，有与我共同生活了二十几年的太公，那儿有与我一起去看露天电影、一起去小河里摸螺蛳的驼子阿爹，那儿有害怕火葬想睡木棺材却终被火化的西隔壁太公，那儿有我慈祥可亲的西隔壁太婆，那儿有我不曾谋面却确实影响了我的存在的祖先，那儿还有青青的野草，成片的桑林，弯弯而过的小河，以及小河边瘦瘦长长的芦苇……我不知道有无灵魂和风水，但我知道，那儿的一切，曾影响也还将影响我的生活。如果我的生命是一棵树的话，那儿就是树根，虽然枝叶可以远离土地，伸入高而远的天空，但根仍在那儿，仍埋在深不见底的泥面下！

雨天的感受

冬雨是不常有的，而近几天来却一直下着冬雨。

见不到太阳，心中老觉得闷闷的，像塞着一团棉花。见到的人也都是郁郁的，像藏着什么心事似的，那种愁眉苦脸的样子，叫人看了更觉哀怨。

我感冒了。

真是不可思议，以前感冒，我从不看医生，从不打针吃药，一般任其自然，大概三四天后自会痊愈，可如今，我看了医生，吃了价格昂贵的感冒药，但十来天过去了，仍没有完全好。令人讨厌的感冒，像阳光下的影子一样，紧紧地跟随着我，甩也甩不掉，赶也赶不走。

"现在医生的水平真差劲，连个感冒也治不了。药也全是废物，全靠自身的免疫能力，看来还是得提高自身的身体素质。"我对同事S发着牢骚。

其实这也不能怪医生，这只能怪自己。不生病不就得了吗！我想起了某报上登过的一则消息，说感冒没有速效药。这倒是千真万确。我又想起了一张报纸上介绍的一种治感冒的方法，说泡一杯开水，用鼻子去吸那杯口冒上来的水蒸气，因为感冒的细菌最怕热。对，何不试试。

一阵忙碌之后，还是以失败告终。我不再相信那一套。对病，最好的药还是体育锻炼，增强自身素质。我终于了悟。

今天早晨起床，红红的太阳已升起在东方，有薄薄的云遮着，没有一丝刺人的亮光。抬起头，见天空蓝蓝的，格外的明净，偶尔有一两缕白云。我心里快活地想：今天一定是个大好晴天。

太阳终于出来了，发出了夺目的亮光。

上班的路因有阳光的照耀而陡增了不少乐趣，我满意地欣赏着两旁田野的美景：光秃秃的桑树枝像一根根大地的毛发，碧绿的油菜透着春的气息，枯黄的杂草等着再一度的萌发……

可是，突然却变了天，刚才还阳光灿烂，转眼间，又是乌云滚滚。开始下起小雨来，又夹杂着细细的雪粒。

一阵风吹来，我直打寒战。感冒还没好，鼻子像风箱似的，发出呼呼的声音，真叫人难受。刚见希望，希望又破灭了，像闪电般迅速。

天也和我一样，是害了感冒吧，也许还在发抖呢。看着窗外的雨帘，我担心起天来，我猜想天也是生了病，不然怎么会是这样的呢？

我又没带雨具。

家长三三两两地来为自己的子女送伞，我想，再也不会有人来为我送伞了，因为我已是大人了。不是吗？我下意识地用手去摸下巴上硬硬的胡茬，我已经 22 岁了。我想起自己在后林小学读书时，母亲为我送伞的情景，不禁泪又涌了出来。我经常无缘无故地流泪，在别人看来，他们哪能知道在流泪的当儿，我想的是什么呢。这世上本来就少有心心相印的人，我不去解释，也根本不用解释，流泪纯是个人的事，不关他人一丝一毫。

远处风雨中，出现一个好熟悉、好亲切的身影，我不觉一惊，这，好像在哪里见过。矮胖的身躯，走路那么稳实，很小心的样子，撑着天蓝色的伞，穿着雨鞋，在雨海中前进。那不是母亲么？那不是十年前的母亲么？朦胧中我不知那是自己的错觉，是一个美丽的梦，还是客观的实在。

那是母亲，可不是十年前年轻美貌的母亲，而是更成熟更慈祥的母亲。

母亲老了吗？

接过母亲手中的绿色雨披时，看见她已是气喘吁吁，那是爬一段三四十级楼梯的结果。母亲的鬓角已有了不少银发，那是母亲像蚕一样吐出的爱之丝啊；母亲的额角已经有了明显的沟壑，那是岁月无情的见证啊；母亲的手已经有了粗糙的裂缝，那是母亲一生勤劳的宣言啊！

穿着母亲送来的雨披回家，感觉全身暖烘烘的，原本凛冽的北风，不再那么砭人肌肤了。

雨还是一串串地下着，没有停止的迹象。黄泥路上大大小小的水坑里积满了浑浊的黄泥水，自行车轮碾过后溅起的污水，一直溅到裤腿上。

工作是艰辛的，不管是什么工作，因为活着本身就是不易。

远远地见一个人影，正在用铁铲铲着路边的泥土，打算填路上的水坑。我心里油然而生敬意。这会是谁呢？是个年轻人，还是个年老的农人？他为什么在这样昏暗阴冷的雨天还不回家休息，还要在这填路？

近了，近了……

"太公，是你在……"我惊奇地发现，填路的原来是我年迈的太公，他已九十挂零……

"我随便干一下，你回家吧！"太公平淡地回答我惊疑的眼神。

回到家，我坐在自己房中的书桌前，对着门外银亮的冬雨百感交集，久久不能平静。

母亲老了吗？

太公老了吗？

天地间布满了我的疑问，如同铺天盖地的冬雨。

笑声背后

认识他纯属偶然。

那是在我从杭州去义乌的火车上。当我随着拥挤的人流找到自己的座位后，就靠在椅背上闭目休息，想让刚才因挤压而生的旅途的疲倦减轻一些。开车时间快到时，我被一个气喘吁吁的男高音打搅。我不高兴地睁开眼，见是一个三十刚出头的壮年男子，从露出的手臂和体型上看，他身体是结实健壮的，他一头乌黑的头发理成平头，整齐且精炼；浓黑的眉毛下，是一双炯炯有神的大眼，从中透出对生活充满信心的自豪；整张脸都在笑，那是好可爱的笑，像小孩的笑那样天真，又不失男子汉的成熟和爽朗。我起初的不快，一扫而光。对着这样一脸金秋般的笑意，我怎能拒之门外，再装一脸的古板呢！

"我小舅子有点事，所以迟了。到站时，你们早已上车。"他仍笑着解释，像在自言自语，又像在说给我们听。

他刚坐下，我就感到脚下一震，随即一声清脆的电铃声，火车缓缓地开始前进。这是我有生以来第一次乘火车，所以感到特别地兴奋。我睁大着眼瞧着窗外，那从窗口闪过的一幅幅画面，令我目不暇接。开始还看得清楚，不久便眼花缭乱了。

他就坐在我的旁边，由于我向来不善于谈天说地，所以我一直沉默着。我全身心地投入到欣赏窗外的美景中了。那一排排的高楼大厦，风驰电掣般向后退去；那碧绿碧绿的稻田，像一望无垠的海洋；那此起彼伏的山岭，像驼峰似的，令人遐想。

火车过钱江大桥时，他又说开了："看，那船像树叶在漂流！"

我顺着他手指的方向，看到了两艘小船，它们正"出没风波里"。

他很健谈，我没问他，他就向我和对座一个五十岁开外的光头老者做起自我介绍来。

他说他是修汽车的，在杭州开了个汽车修理部，一年收入至少有八万，他说明年再干一年就不干了，回家享享福。他的小舅子，大舅子，小侄子，大侄子原先都在他的修理部，现在大舅子买了辆汽车，自个儿干出租。

由于他的热情，我和那老者自然也加入了谈话。

他唾沫横飞着说："我小侄子在我修理部，我给他六百块钱一个月（我当时当教师的工资是105元一个月）。钱他多要点我也给，只是我不允许他乱花，我只允许他一星期去杭州城里玩两次，再多不行。他对他父母的话有时不听，但不敢不听我的。我对他讲：'你不同意可以马上回家，要在这干活，就得听我的。'他就没话好说了。"

那老者连连点头说："年轻人是该努力干活，玩惯了，就不想干。"

我说："实际上，那也是为他好呀！"

"是的。人钱多了，再去蹲牢，那有啥意思。做人就得有个做人的样子。"他又兴致勃勃地说起了自己的恋爱史，他很直爽，没有忸怩和造作，有的只是战胜逆境的骄傲。

他告诉我们，他家原来很穷，在义乌的一个乡村里。她是他的高中同学，一向很谈得来。高中毕业后，他对她母亲说他家很穷，自己顾自己还来不及，肯就肯，不肯就拉倒。不久，他就去参军，这连她也不知道。一参军就是四年，整整四年和她没通音讯。在参军期间，他学了修理汽车。军期满后，上级要他继续留下来做义务兵，提干。他不干，就转业回到自己县里，在县里开了一个汽车修理部。那时他以为她早结婚了。一次，偶然在县城里碰到她，他对她开玩笑似的说：

"你的儿子也有这么高了吧！"

她一本正经地反问："男人都没有，怎么会有儿子？大概你是说你自己的儿子有这么高了吧？"

想不到她还没有结婚，真是意外的喜讯。就这样他对她说："我俩还是有缘的。"

那天她邀请他到她家去玩，他说不去，不想见她母亲，也不想让别人过早地说三道四。他顺口对她说："既然你已知道我的地址，那你就到我这儿来吧！"

第二天，她真的如约而至，他高兴得一蹦三尺高。从此以后，他俩经常暗地里偷偷地来往。而她母亲早以为他和她断交，因为他俩在外面看起来"确实"没有来往。她母亲一直被蒙在鼓里。

"在县里干了几年，我就到这杭州来了，一干又是好几年。三年前，我陪她到杭州玩，我问她：'你愿意嫁给我吗？'想不到她一口就答应了。我俩在杭州结了婚，而她母亲一点消息也不知道。回到家，我给了她母亲一万块钱，而嫁妆一点也不要。房里的彩电、冰箱、录像机等都是我出钱一手置办的。这时生米已成熟饭，她母亲再也无话可说。可我一直没到她家去，直到现在我每次回家，也不到她家去。"他始终有说有笑，娓娓而谈。

他讲述自己的故事时虽然用的是极平淡的词语，但从他眉飞色舞的高兴劲可以看出，他是怀着无比的自豪感而发出的感慨。想当年，他为了办修理部，向亲戚们借了三万块钱，而有人竟在他丈母娘面前说他在外面做生意亏了三万多时，他是多么的悲伤啊。如今，他终于露出了令人宽慰的笑。

火车依然在飞速前进，他的笑声仍回荡在整节车厢，而我在对他敬佩之余，又多了一份人生的苍凉感。

　　如果她在母亲的压力下，早点结婚了，今天他是否仍会这样开心地笑，愉快地谈？如果他开修理部没成功，不是赚进几十万，而是亏本二三万呢？

　　虽然他的笑声是那样轻松、自然，像金秋般灿烂，可我透过这笑声的背后，却看到了一条从远古汹涌而来的黑色的"吃人"的河流，它充满着牛郎织女的泪，它饱含着梁山伯与祝英台的恨。不知这条河流要流到哪一天才能干涸断流？

　　但愿它的黑色的足迹，没有踏上你洁白的心灵，没有践踏你纯洁的对生活的爱！

生日礼物

一个星期前，我生日那天，气象预报说是多云，有时有阵雨。那天，天公作美，没有下一滴雨，一整天的晴朗好天气，偶尔点缀几朵飘飘悠悠的白云，令我心情格外舒畅。傍晚时，妻子从厂里回来，说有一样生日礼物送给我。我问，是什么礼物。她拿出一件藏青色的摩托车雨披。我心中不觉一阵激动，一股暖意油然而生。刚买摩托车时，也买了一件雨披，而且特地去湖城有名的浙北大厦买的。当时，我对妻子说，宁愿买贵点，也要买质量好点的。没想到，花一百多元钱买回的雨披，只用了一年多，就脱胶漏水了。从此，我买东西都不相信名气和牌子，都凭自己的眼见为实。雨披虽漏水了，但我一直心疼钱，没再买新的，将就着用。妻子看在眼里，记在心上，想得周到……双手捧着妻子送的生日礼物，除了说声"谢谢"外，我还能说什么呢？在真挚的深情面前，在刻骨铭心的爱面前，一切语言都显得苍白无力。

我抚摸着雨披光滑的外套，告诉妻子："除了你送我的生日礼物，今天，我还收到一件生日礼物！"从妻子的表情可以看出，这太出乎她的意料。只见她困惑地问："什么礼物？"她还有一句潜台词没说："是谁送的？"但我仍能从她的脸上读到这疑问。我故意卖关子："猜猜看。"妻子撒娇地说："猜不着，还是告诉我吧！"我说："今天早晨上班时，我看阳台上的仙人掌花蕾还没绽放。到中午我放学回家吃午饭，上楼来无意中朝南一望，一眼便看见了那朵淡黄色的仙人掌花——在周遭的绿色中孤独地怒放着。这仙人掌花，正好在我生日这天盛开，这不是天地送给我的生日礼物吗？"妻子噗笑道："你臭美呢！"

在见到那朵仙人掌花的一瞬间，我脑中确实电光石火般闪过这样一个念头：这是天地送给我的生日礼物吧，要不，为何早不开晚不开，偏偏要挑选在今日盛开呢？因了生日的关系，我对一朵花的盛开格外地敏感起来，特别地关注起来。我站在花身旁，仔细地近距离观察着：这是一朵淡黄色的仙人掌花，有一只小碗碗口大小，一共有大大小小的花瓣十五片，每片花瓣都是淡黄色的，花瓣在靠近花蕊的中间部分，有一小圈淡红色。我把鼻子凑近了闻，没有任何芳香，雌蕊的花柱是嫩白色的，在无数的黄色雄花蕊包围中像鹤立鸡群般高高挺立着。有一只黑色的大雄胡蜂飞来，笨手笨脚地钻进花瓣中，它的脚沾上了雄蕊的花粉，不时地撒在雌蕊上。胡蜂，正好完成了替花传粉使其受精的过程。大自然的设计是多么巧妙啊，这只胡蜂也许是被仙人掌花的艳丽颜色吸引，或是想来采蜜，或者只是偶尔路过停下来歇歇脚。

夕阳西下时，这朵仙人掌花开始收拢它的花瓣。第二天清晨，我起床去看它时，它已完全地萎缩了。一朵花盛开在这世上，是多么的短暂啊，仅仅只有一个白天的时间。虽然不是昙花的一现，但我感觉还是一样的短暂和匆匆啊！花儿的美丽，为什么总是如此短暂和匆匆呢？为什么不能天长地久地盛开呢？这么不起眼的丑陋的带刺的仙人掌，竟开出了这么娇媚婀娜的花朵，天地也生嫉妒了吗？为何不让它在阳光里、在风中多待片刻呢？如果没有机会发现它的美并欣赏它，对它的存在只是视而不见的话，那么它存在与不存在又有什么不同？对于有心发现了它的美又欣赏它的美的人，能够一睹它的芳容已经足够！我还奢望什么呢！

以后的几天，我都对这仙人掌格外留心观察。21日，仙人掌开一朵花；22日，开一朵；23日，开三朵；24日，开五朵；25日，开十四朵；27 日，开十朵；28 日，开十朵……我曾在一个星期天，耐心地守着仙人掌，看它的花蕾从开始开放到完全绽放的全过程。

早上七点五十五分，我见一朵花蕾开始绽开一道细细的小缝。我知道，花蕾已经积蓄了足够的力量，就要绽放了。这一刻，我听见了一声轻微的呐喊声，那是仙人掌花绽放时发出的声音，犹如朝阳冲破地平线一样，那一眨眼的时间，是神圣而又激动人心的。随着太阳的升高，温度的上升，仙人掌花一点点一点点地盛开着，到十点钟时，它完全开放了。我对它微笑着。我俩谁也不说话，只是默默地对视着。此刻，还有比心与心的默默交流更好的问候方式吗？

一朵仙人掌花的盛开，需要多少时间？两小时零五分。这是我的答案。在这世界上，如今，还有谁会知道一朵花的盛开需要多长时间？有谁，还会像我一样，独自痴痴地守着一朵花的盛开，什么事也不做，什么事也不想，只是与花做着心与心的交流呢？有谁，还会像我一样，对一朵花的盛开心存感激，心存愉悦，对一朵花微笑呢？要不是它正好在我生日那天开放，被我当生日礼物收到，我还会这样耐心地观察它，对它微笑吗？

每一天都有人在过生日，每一天都有人收到各种不同的生日礼物，每一天都有花在盛开。我希望，每个人都能在收到亲人朋友送的生日礼物的同时，也能收到大自然送的生日礼物——一朵普通的常见的花——就像我今年生日那天收到的一朵淡黄色的仙人掌花一样。做到这，不是件太困难的事，很简单，只要你具有一颗愿意走进花的心……

窗外的飞蛾

　　又是一个深夜。伸手不见五指的黑。这种黑，谁真正读懂了？窗外正狂风骤雨。滚滚洪流般灌进双耳的，是无边的风声和雨声。

　　窗外，是漆黑的长夜，是肆虐的狂风，是瓢泼的暴雨。这夜，这风，这雨，谁真正读懂了？

　　在孤灯下，我独自守着属于自己的夜。这铺天盖地的风，这淋漓尽致的雨，我的孤灯，那微弱的光之舟，在风雨的夜之海洋上，能不倾覆吗？能在波峰浪谷间平安出没吗？

　　我不由得想到屋后的那棵老榆树。风，吹得它的枝叶朝一边倒着，倒着，却仍狂乱地摇摆着。那是榆树在作不屈的挣扎吗？那每一片颤抖着的叶，都是它咬紧的牙关在咯咯作响吗？雨，淋得它像只落汤鸡，从头到脚浑身湿透。那枝叶上不断淌下的雨滴，是拼命抗击风时流出的汗吗？还是受不住无情的摧残流下的乞求的泪？不，这绝不会是泪！榆树，我知道你有一颗坚强无比的心——比我坚强，比我们人类坚强——谁的心会比你更坚强？我们人，自以为人定胜天的人，自以为万物之灵的人，谁能在你面前，问心无愧地说：我比你坚强！如果谁有你一半的坚强——十几年如一日地呆立在一个地方，不移动半步——我将献上我对人类所有的赞颂。这是为什么？三十几年来，我为什么见不到一位像你一样坚强，抱定一个宗旨丝毫不动摇的人呢？老榆树啊，你在追求什么呢？是什么给你如此大的信心，让你在漆黑的风雨之夜仍保持着既有的姿态？

　　在滚滚红尘中，理想给我的印象，有时仿佛是一双破鞋子，孤独地被遗弃在荒草里，有人偶尔发现了，以为是什么久远年代留下的古董，兴致勃勃地用双手抱回家，痴痴地用千倍万倍的放大镜照着，想发现鞋帮或鞋面上记着的历史文字记录，一无所获后，嗤之以鼻，吐一口唾沫，说："什么劳什子，去你的吧！"鞋子，又被重重地摔在地上。

有时，理想仿佛又是一件陈列在橱窗中的崭新的摩登时装，人们争先恐后地拥向前，一睹它的芳容。有人，在众目睽睽之下潇洒地买走，穿在身上，在别人的羡慕中昂然走出众人的视线。更多的人，则是睁着馋眼，双手摸着干瘪的裤袋，过过眼瘾，而后回家。第二天，发现橱窗中，又有了一件款式更新颖、料子更贵重的时装。而橱窗中，永远有着这样的时装，永远出售不完。于是乎，人们一天天争着挤向橱窗，接着，或踌躇满志，或失意彷徨地各自走开。榆树，你的理想是什么？为什么能如此恒爱如一？

没有在无边的黑暗中独自坚守过，就没有资格说读懂了黑暗是什么；没有在漆黑的夜里孤单地与风雨搏斗过，就没有资格说读懂了风雨是什么！黑暗是什么？风是什么？雨是什么？我们每一个人的生命中，注定要有一些黑暗、风和雨？一个人的生命中，必有一段时刻，要像这棵老榆树一样，独自站在漫漫的黑暗中，独自站在无穷无尽的风雨中，默默地战斗着，忍受着，煎熬着吗？我们谁也无法帮他，谁也无法助他吗？包括他最亲近的人，父母、兄弟、姐妹，还有亲朋和好友？

整个村庄早已沉沉入睡。整个村庄的人也都早已进入梦乡。远方，没有一丝灯火的亮光，所有的村庄都已入眠。除了黑暗，还是黑暗；除了风雨，还是风雨。睡着了，做着或善或恶的梦，没有看见这黑暗，没有看见这风雨，生命中便不曾经历了吗？

忽然，无意中抬头，瞥见一只小小的飞蛾，在窗玻璃上忽上忽下、忽左忽右地翻飞着。我看不清这是一只什么蛾子，但我却能清晰地见到，它在一次次地努力，努力着想飞进窗来——飞向我那盏有着微弱亮光的灯。在飞蛾的背后，是泰山般沉重的黑暗，是鞭子般抽打着的风雨，而它是那样弱小，它能挺得住吗？在这样的暗无天日的风雨之夜，它为什么不躲进黑暗中找个安全的地方酣然入睡？它在黑暗中扇动着那细小的翅膀，它在寻找什么？它在追求什么？它的追求和老榆树一样吗？它的理想和老榆树相同吗？就为了我房中的一点点亮光，它就不远千里，不顾黑暗不避风雨地上路了，匆匆赶来了吗？光明，在它心中真的这样重要吗？它是否知道，这样不顾一切地扑向光明，会有牺牲的危险？

在无尽的黑暗和暗淡的光明之间，隔着一扇窗，隔着一道透明的玻璃。飞蛾，一次次的努力，又一次次的失败。光明在即，可光明对它来说，永远无法拥有。它只能隔着那道冰冷的玻璃，窥探到一点可怜的光明的信息。我眼眶中莫名地噙满了泪水。我的眼前，出现了一位壮汉推动巨石的身影——那是西西弗斯永恒的受难历程！

光明是什么？飞蛾它理解吗？飞蛾眼中的光明和我们人眼中的光明是否是一回事？老榆树，也在追求光明吗？

我自以为明白了老榆树一定在追求着什么，一定有它的理想；明白了飞蛾历经千辛万苦，是在奔向光明。其实，对于一棵老榆树，对于一只小小的飞蛾，我并不懂它们在想什么，它们在追求什么。我只是在老榆树和小飞蛾的身上，发现了我们人的影子。

我不爱

　　我不爱白天。

　　白天不属于我。白天属于社会，属于工作，属于单位，属于世界，属于文明，属于人类。白天不是我自己的。白天，是公众的，是广播，是电视，是一切公共的人工浴场。白天是浮躁的，是热闹的，是拘束的。白天，越来越像一架大型机器，每一个齿轮都飞速地旋转着，没有停息喘气的机会。白天的脚步，宛如空中落下的重物，正在加速度地下降，越来越快，越来越快。白天的影像，越来越模糊，越来越光怪陆离，越来越令我感到陌生。

　　我不爱热闹。

　　热闹不属于我，我也不习惯热闹。喜庆宴会上是热闹的，热闹的是来宾贵客；接风餐桌上是热闹的，热闹的是下属的频频举杯；先进工作者的领讲台上是热闹的，热闹的是一双双睁大的眼睛；领导讲话的会议上是热闹的，热闹的是一只只拍掌的手；办公室小范围的讨论是热闹的，热闹的是小道消息；农村的麻将桌上是热闹的，热闹的是地上一个个踩灭的烟头……

　　我不爱流行。

　　流行不属于我，我也不可能属于流行。流行歌曲，虽然偶尔也哼几句，但仅是哼几句而已，不会成为歌迷，不会因此而追某个明星；流行时装，在电视的时装表演中也领略一二，但绝不会花几个月的薪水去买回一套世界名牌服饰；流行书籍，看看报上的广告、评论，新华书店看看书的封面和价钱，也就与之拜拜了。流行的魅力无穷，流行的风景迷人，流行的颜色缤纷绚烂，流行的口味惹人喜爱，流行的色泽流光溢彩，流行的世界精彩美妙。流行，有其独特的征服人的力量，犹如一股风，卷走一切漂浮的无根之萍。流行，最大的特点也是致命的弱点，那就是短暂！

我不爱参天大树。

在奇妙神圣的大自然中，我赞美山中的荆棘，是它们，吸引着无数攀登者，去圆人类永恒的梦；我赞美田野上沟渠边不知名的淡蓝色野草花，千百年如一日地默默绽放又默默枯萎；我赞美背阴处石块上的苔藓，即使受不到阳光的照耀，也要对世界奉献出自己一颗翠绿的心。

我不爱成功。

成功固然令人欣喜，令人羡慕，令人神往，但我爱成功前的失败甚于爱成功的本身。中国向来少有失败的英雄。泱泱数千年，西楚霸王项羽可称得上是失败的英雄。刘邦虽然打败了项羽，开创了汉代几百年的基业，但在项羽伟大的人格面前，他永远是个矮小的侏儒，是个地地道道的小人。"生当作人杰，死亦为鬼雄。至今思项羽，不肯过江东。"许多代以后的李清照，可谓项羽的一个红尘知己。我愿做一个失败的英雄，虽然失败，但要失败得轰轰烈烈，真真实实。

这个世界很可爱，有许多我喜爱的地方。我所说的不爱其实是对这世界恨铁不成钢式的爱。真是：爱是不爱，不爱亦是爱！

破译记忆的秘密

　　小时候，隔壁驼子阿爹家养了一只花白狗，每天清晨我去上学，它都要像忠诚的卫士一样一路护送我到学校。半路上，我不止一次地发现，每当路转弯或出现岔口时，花白狗就要翘起一条后腿在路边撒下几滴狗尿。那时候，觉得很好奇，也很迷惘：这狗怎么有这么多尿要撒？怎么不像人一样一次撒完呢？回家问大人，大人说：那是狗在做标记，等会它独自回家时可找到原来走过的路。狗的鼻子很灵敏，它留下自己的尿，也就留下了回家的路的记忆。

　　我不知道大人们说的是否有科学根据，但我相信这是真的。之所以信，是因为许多年后从蚂蚁身上得到的启示。蚂蚁认路的本领很强，走得再远，它也能找到回家的路。它是凭什么记住自己走过的路的呢？它靠什么来把路锁进自己的记忆库的呢？据科学研究发现，蚂蚁爬行时，会沿路留下一些自身的分泌物，那些分泌物，我们人眼看不见，但蚂蚁自己能辨认出来，回家时，只要顺着那一路留下的标记前行就可以了。

　　一种动物有一种动物的记忆法门。最令我感到惊异的是每年春天三四月间从南方归来的燕子。燕子是候鸟，每年都要飞往南方去过冬，到来年春天再回来。在我的家乡，燕子被认为是一种吉祥鸟。小时候，母亲常对我说："燕子是很识人的，对主人家很挑剔，它从不在凶狠歹毒的人家筑窝。燕子很忠诚，很恋旧窝，今年在这一家住，明年春天来还是住在这一家。"那时，我不知道母亲说得对不对，但母亲和大人们都这样严肃认真，凭直觉，我也就相信了，不忍心不照他们说的话做，不去捣毁燕子的窝。许多年以后，我从鸟类专家的文章中得知，那些候鸟确实有惊人的记忆力，也就是说，科学证明母亲是对的。据专家说，那些鸟是凭借地球的磁场来记忆的，因此其记忆的精确度比美国的爱国者导弹还高。

狗、蚂蚁、燕子，这些小动物对回家的路记得既准确又牢固，令我打心底里对它们产生一种敬意，同时又不自觉地替我们人类感到脸红。我们人类自诩为万物之灵，可我们当中的一部分人，对回家的路的记忆却远不如那些被人类认为是渺小卑微的动物。不要说那些以为"月亮是外国的圆"的人，就是那些想回家的游子，他们又有多少人能找寻到回家的路呢？那些远离家远离母亲的海外游子，有许许多多就像飘飞出去的蒲公英的种子，在异国他乡生根发芽，虽然有对家的记忆和眷恋，但他们已不记得回家的路。他们更像是飞得很遥远又断了线的风筝，再也找不到那根曾牵引着他们的细长的记忆之线。

人生，就是一连串的记忆。我们每个人生活的环境虽然千差万别，境遇各异，有人贫穷，有人富裕，有人自由，有人受囚，但我们在各自不同的立足点上都能创造出美好的记忆。把瞬间的美记住，把瞬间的欢乐记住，把瞬间的辉煌记住，把瞬间的爱记住，这就是在创造美的记忆，美的人生！我们无法选择生活，却可以选择记忆。我们选择的记忆决定了全部的生命与价值。

记忆，并不是人类独有，也不是动物所独有，最新的科学研究表明，植物也有记忆。举个人人皆知的最简单的例子：每棵树都有年轮，这年轮就是树的记忆，所以刘亮程说："树会记住许多事……如果我忘了些什么，匆忙中疏忽了曾经落在头顶的一滴雨，掠过耳畔的一缕风，院子里那棵老榆树就会提醒我。"是的，不仅植物会有记忆，大自然中的一切——有生命的和无生命的——都有记忆。路会有记忆，山会有记忆，河流会有记忆，大海会有记忆，湖泊会有记忆，沙漠会有记忆，我们居住的整个地球也有记忆，头顶闪烁的星星更会有记忆。

地球上有一种石，叫化石，这化石就有记忆，它有着我们人类文明以前的记忆！有生物学家说：整个地球，应视为一个整体的生命，就像一个人。我想：光从地球有历史有记忆这点来看，我们也该善待地球，因为善待地球，也就是善待我们人类自己。现在，我们到了该静下心来，细细读读地球的记忆——地球史——的时候了。

家是一种感觉

八月末还是炎热的夏天，十九岁的我却背着棉大衣，流着泪辞别神情忧郁的父亲和须发皆白的太公，毅然地踏上独自闯世界的路。那份悲壮，大有易水边唱"壮士一去兮不复返"的荆轲的感觉。那一天早晨的太阳和前一天的一样圆，那一天枝头的蝉和前一天一样在沙沙地叫，那一天我的心情却完全变了样。我不满父母定下的工作，决定以离家出走来进行最后的抗争。

一个叫谭家湾村的江南水乡，随着我脚步的前行渐渐淡出了我的视线。我漫无目的地独自走上318国道公路，沿着公路向东慢行。旧馆、东迁，一个个镇头过去，中午时我来到南浔汽车站。"上有天堂，下有苏杭。"我忽然想起自己还没去过苏州。人活一世，苏杭不到，岂不白活了？我毫不犹豫地买了去苏州的汽车票。上车后不久，马上出了浙江省界，进入了江苏省。我知道，自己离家是越来越远了。初离家时的那份自由、兴奋、激动，渐渐地淡去，心头隐隐地爬上一种忧伤。我的前方会是啥模样？阳光灿烂，一片光明，还是雨雪霏霏，潮湿阴暗？我无法预知未知的天地，我无法预知自己的未来。前途，就像汪洋上的一条船，一眼望不到边，除了海水还是海水。

苏州，小桥流水、亭台楼阁的苏州，在我的眼中，却成了流浪之地。人地生疏，举目无亲。黄昏时，我在城中的一条条弯弯窄窄的小巷中徘徊。小巷，仿佛没有尽头，穿过一条，一转弯，眼前准会又是一条相似的小巷。巷中有小孩光着上身端着饭碗坐在竹椅上吃晚饭，饥肠辘辘的我，只能远远地望着他们，暗自咽下几口口水。他们好奇地把我从头打量到脚，又从脚打量到头，然后异口同声地冲我喊："叫花子，要饭的！叫花子，要饭的……"我蓦然惊觉，自己在小孩的眼中，竟会是这样一副丧家之犬的模样，哪还有吟咏"风萧萧兮易水寒"的英雄气概！小孩嘴里吐真言，我第一次听到，离开家的孩子，在别人眼中，就是叫花子，就是要饭的。

那一夜，我吃了一包饼干，露宿在一小型汽车站。就在一辆汽车与一辆汽车之间的一小块空地上，我席地而卧。头顶看不见夜空，看不见一颗星星，看见的是街道上的一盏路灯和一块彩色的广告牌。听不见夜晚任何一只小虫的吟唱，任何一只夜鸟的鸣叫，充盈两耳的是汽车来来往往的声音，是舞厅传出的都市音乐声。没有床，没有枕头，没有扇子，有的只是一块窄窄的水泥路面以及城市所特有的嘈杂和热闹。没有安宁，城市的夜晚也不入睡。

城市中没有深沉甜蜜的梦，我一整夜都处在半梦半醒之间，没有一刻酣然睡去。远在异地的我，辗转反侧，想起了一生辛劳的太公，此刻他知道我在哪，知道我这次是离家出走了吗？此刻，父亲在干什么？他是否也在想象此刻的我会在干什么吗？母亲呢？她会为我的离去而伤心落泪吗？没有了家，才会想起家的可贵。远离了家，才会想起家的温暖。那一夜，我脱胎换骨似的对家有了真切的认识：家，不是一个空洞的字眼，不是一个可有可无的概念；家是一个实实在在的地方，是一个让你安然入睡又安然醒来的地方。一个人，不能没有家。没有了家的孩子，就成了任何人鄙视的叫花子。如果说一个人是一只风筝的话，家就是那根牵引着他的细线；如果说一个人是一条小河的话，家就是那片吸引着他奋勇前行的大海；如果说一个人是一朵花的话，家就是那条供他养料水分的深埋在泥面下的根。

家，是指什么？《辞海》上"家"的解释是：家庭，家乡。家，是指一个具体的地点，人们大多这样认为。这，大概也没有错。我以前也一直是这样认为的。但是，家，真的仅仅是一个具体的地点吗？

母亲姓徐，父亲姓沈。母亲是独生女儿，父亲是太公领养的独孙。父亲与母亲的结合，一开始就种下了冲突的根源。在中国，婚姻并不是一个男人和一个女人的自由结合，而是一个家庭与另一个家庭的联姻。两个家庭，都是独生子女，都要靠他们传宗接代，延续香火。"不孝有三，无后为大。"封建的古训，虽然在书本上、法律上已经消失，但在人们的头脑中、行动中却根深蒂固，一代代地传了下去。父母结婚前曾商讨过，父亲是去母亲家做上门女婿，养的第一个孩子，不管是男是女，都随母亲的姓，第二个孩子，才随父亲的姓。谁知，当第一个儿子（我的哥哥）降生后，父亲却不愿做上门女婿了，独自回了老家。两家的大人亲戚，这下可忙坏了，商量来商量去，最后决定：谁家的房子好，就到谁家一起过日子，孩子的姓还是照老办法。父亲那时的家是一间半砖瓦房，而母亲的家只是两间草棚。于是母亲抱着刚生不久的孩子，跟着父亲来到新的家中。

矛盾暂时解决了，但并不彻底，只是像野火烧去的枯草一样，等到来年春风一吹，又会从地底下钻出泥面来，长成旺盛的小草。一碰到不如意、不遂心的事时，母亲便把怨气全泼向父亲，并一再扬言要回老家过日子。由于两个孩子的姓不同，母亲连带着不喜欢跟父姓的孩子——那就是我。

一直到今天，母亲还没把与父亲共同生活了几十年的家当成她自己的家，也没有把我当成她的家人。她说，她徐家只有二个人——她和我的哥哥。对此，我很困惑，一直想不通。一个孩子的姓，真的那样重要吗？一向被世人颂扬的神圣、无私、伟大的母爱，为什么在活生生的现实面前，变得如此苍白无力呢？是不是母爱，也是有条件的？

哪一个家才算是母亲的家？是她小时候生活的徐家，是那两间早已沉入历史烟云中的旧草棚吗？还是她与父亲同甘共苦，一手创建的两层楼的新家？住多久才算是家呢？十年？二十年？还是百年？以什么标准来评判哪一个才是她真正的家呢？一个人的家，只能有一个，还是可以有两个，三个，甚至更多个？如果家是指一个具体的地点，那么这样的问题就必须解决，不能忽视。

我不由自主地想到，博士毕业后独自一人在比利时一所大学工作的哥哥。现在，在比利时，有他一个人住着的家；在南京，有他与妻子共同建立的家；在谭家湾村，有他曾一起生活过的父母兄弟住着的老家。这三个家，究竟哪一个才算是他自己真正的家呢？要解决这个问题，似乎有点难。但我想，这问题，其实很容易解决。家，并不仅仅是指一个具体的地点。家，更多的时候，是一种感觉。它并不仅仅是物质性的，更应该是我们的精神。

因此，家，不在乎你住的时间多久，也许你居住了一辈子的房子，并不是你的家，而你只住了一宿的旅店，却可能成为你永恒的家。也许金碧辉煌的别墅，你并不认为是你的家，而一间破旧老屋却可能成为你心中难以忘却的净土。

当我回首人类共同的家——地球时才惊觉：洪水泛滥，森林被砍伐焚毁，沙尘暴此起彼伏……我们人类，在建筑自己各自的小家时，往往会忘了大家，会不自觉地毁掉别人的家，比如一窝蚂蚁的家，一对野兔的家，一只大雁的家，一条小青虫的家，一只松鼠的家……我们应该像关爱自己的家一样，去关爱别人的家。因为，对每一个生命来说，家都是相同的，都是精神的栖息地，灵魂的避难所！

活着的证据

  一次地震，一场车祸，一次空难……几乎每一次意外，都会让几条甚至成百上千条的生命在一瞬间丧失。在意外事故面前，人的生命显得如此渺小卑微，任命运之手随意摆布，然后扬成灰，随风而逝。面对报纸上的灾难事故报道，人们很自然地会产生人生无常、人生苦短的感叹。在感叹之余，又会情不自禁地想起与事故有直接关系的那些逝者的亲属，想象他们听到噩耗的心情，悄悄替别人抹一把泪。

  那些逝者真的逝去了吗？那些逝者真的活生生地存在过吗？除了他们的亲人之外，又有谁会知道他们曾风风雨雨地生活在世界上呢？

  换句话说，一个人活着的证据是什么？这样的一个问题时常萦绕在我的脑边，搅得我心神不宁。而第一次产生这样的问题，是缘于我一位至亲的离世。在我二十五岁那年，走过了九十六个春秋的太公去世了。

  那是一个知了聒噪的夏日，太公就在家中的老式木板床上，猝然离世。死后，别人在替他穿寿衣时，我也上去帮忙，握到他的手和胳膊，那感觉就像是握着一段枯细朽烂的树枝，已无法用瘦骨嶙峋来形容。在那一刻，我第一次体会到了语言的苍白无力。我无法确切地描述自己当时的感受。"他一点病也没有，不是病死的，就像是油盏火（油灯）一样，燃干的。"我听到父亲在这样告诉别人。太公去世了，我熟悉的与我朝夕相处了二十五年的太公离世了。开始时，我会记得他，哥哥会记得他，父母会记得他，村人也会记得他。而后呢？谁还会知道这世上曾有过这样的一个人？

由太公我想到了自己：我是谁？我从哪里来，又要到哪里去？什么能说明我今日还活着？什么能证明我曾来这世上？生命是什么？谁能证明生命确实存在过？

苏格拉底有一句名言：认识你自己。现实生活中，确实有许许多多的人并不认识自己，并不知道自己活着。他们活着，就像棚中的一头猪、一只羊一样，是纯生物的存在，生老病死，像风一样，刮过去了，就消失得无影无踪，无法再觅到他们的蛛丝马迹。

或许在厚厚的历史课本上占有一席之地的人，能证明自己曾轰轰烈烈地活过。他们的生命，因进入历史而延长，他们的人生内涵，因与历史携手而获得拓展。那么，一个人活过的证据就是历史了吗？一个人现在活着的证据也只有历史了吗？答案似乎如此的残酷无情。

太公的一生，对世人和历史来说，太平常了，以至于死后短短五六年，就再没有村人在闲谈中说起他了。可对他自己来说，他的一生却是波澜壮阔的：他从清朝走到中华民国，从中华民国走到中华人民共和国；他见过军阀混战的炮火硝烟，见过日军侵华的烧杀抢劫；他经历过"人生的三大不幸"，经历过爱恨情仇，生离死别……这一切，除了他自己知道外，谁还会在意呢？像他这样不识字的标准农民，谁还会记着他曾经活过呢？可他确实活过。是的,他活在他自己的日子里;是的，他也活在我的心中！

我要替他找到活着的证据，于是我毫不犹豫地写了一篇有关他的文章，以示我对他的尊敬和怀念。他活着的证据，就由我替他找到了！

哪里都一样

那年，哥哥考上大学，被有"天堂"之称的杭州的一所大学录取。从没出过远门的父亲，陪从没出过远门的哥哥去了杭州。两个乡巴佬进城，犹如《红楼梦》中进了大观园的刘姥姥，一切都陌生又新奇。省会的繁华热闹与谭家湾村的闭塞宁静形成了鲜明的对比。强烈的反差，使人一下子适应不过来。那天晚上，两人都没睡踏实，躺在床上，深更半夜了，耳旁还不断地响起汽车车轮碾过路面的轰隆声和喇叭的尖叫声。父亲回村后对母亲说：还是睡家里的木板床舒服，晚上也安静，入睡快。

办好了一切事宜后，哥哥提议与父亲去杭州城里玩玩。都说杭州风景优美，全在于有了"淡妆浓抹总相宜"的西湖。哥哥陪父亲走上了有着美丽传说的断桥，走上了历史悠久、文化渊博的苏堤和白堤……父亲——一个皮肤被晒得黝黑的乡下农民——终于走近了西湖，以一个农民特有的朴实和憨厚。他不知道西湖美在什么地方，他不知道断桥美丽的传说意味着什么，他更不知道苏堤和白堤修筑的意义和历史价值……他分不清西湖和谭家湾村西边的谭家漾有什么区别，他不清楚西湖水与谭家漾中的水又有何不同……父亲没有走完苏堤和白堤，没有围着西湖走上一圈，就固执地不愿再游玩了。他回家后，平淡地告诉母亲："西湖有什么可看的？和我们家西边的谭家漾一样，大小也差不多，只不过周围种着的是桃树、柳树，而不是桑树。哪里都一样。"我和母亲都笑他傻，到了杭州，到了西湖边，也不好好玩玩，有人想去还没这机会呢！

那么，闻名遐迩的西湖和名不见经传的谭家漾是一样的吗？林语堂在《生活的艺术》中讲到观看"虚无一物"的事："我以为……另有一种旅行，不为看什么事物，也不为看什么人的旅行，而所看的不过是松鼠、麝鼠、土拨鼠、云和树。我有一位美国女友曾告诉我，有一次，她怎样被几个中国朋友邀到附近杭州的某山去看'虚无一物'。据说，那一天早晨雾气很浓，当她们上山时，雾气越加浓厚，甚至可以听得见露珠滴在草上的声音。这时除了浓雾之外，不见一物。她很失望。'但你必须上去，因为顶上有奇景可见呢。'她的中国朋友劝说她。于是她再跟着向上走去。不久，只看见远处一块被云所包围的怪石，别人都视作好景。'那里是什么？'她问。'这就是倒植莲花。'她的朋友回答。她很懊恼，就想回身。'但是顶上还有更奇的景致哩。'她的朋友又劝说。这时她的衣服已半湿，但她已放弃反抗，所以依旧跟着别人上去。最后，她们到达山顶，四周只见一片云雾，和天边隐约可见的山峰。'但这里实在没有什么可看啊。'她责问说。'对了，我们特为来看虚无一物的。'她的中国朋友回答她说。"由此，他接着发表自己的见解："观看景物和观看虚无，有极大的区别。有许多特去观看景物的，其实并没有看到什么景物，但有许多去观看虚无的反倒能看到许多事物……我们须回到'旅行在于看得见物事的能力之哲学问题'……使到远处去旅行和下午在田间闲步之间，失去它们的区别。"

最后他得出结论："要点在于此人是否有易觉的心和能见之眼。倘若他没有这两种能力，即使跑到山里去，也是白费时间和金钱。……倘若他有这两种能力，则不必到山里去，即使坐在家里远望，或步行田间去观察一片行云，一只狗，一道竹篱或一棵孤树，也能同样享受到旅行的快乐的。"这也就是说，大地上到处是美景，到处有美景，重要的是你有没有一颗易觉的心和一双能见的眼。一个能体会到谭家漾美的人，完全能说谭家漾可以和西湖相媲美。同样，一个发现不了西湖美的人，也完全能说西湖和谭家漾一样，没什么可看的。我相信，这两种说法都是真诚的，都是客观存在的。

　　明白了这些，我便惊诧于父亲多年前说过的那句"哪里都一样"。这是一句多么富有哲理的话啊，当时年轻的我并不懂这句话的真正哲学内容，只是对父亲抱以嘲笑。而父亲，却以一个农民的质朴和坦诚，无师自通地理解了这一哲学思想。而我，却要费很大的周折，在许多年以后，走过了许多地方，才能真正明白这一简单而又实在的道理。

　　"哪里都一样。"如今，我不再向往去城市生活。在谭家湾村，我像屋后的那棵老榆树一样，该萌芽时萌芽，该茂盛时茂盛，该落叶时落叶，静听蝉鸣蛙叫，静观云聚云疏……

活着最需要的

又是一个漆黑的夜。风很大，听得见窗外呼呼的吼叫声，如旷野里奔腾的狼群，令人生出一种莫名的恐惧。我独自躺在床上，读书至深夜，腰酸背疼时，便放下书，走出户外，到阳台上、平顶上走走。极目远眺，整个大地除了一片漆黑之外没有一点亮光，村人早已入睡，小村也已进入梦乡。白天庭院中喧闹的鸡鸭，此刻也不见了踪影。只有头顶高悬的密密的繁星，仍像守夜人的眼，时开时闭，在睡意的边缘苦苦挣扎着。面对着浩淼的夜空，我不禁问自己：自以为万物主宰的人类，他们每一个人都准确无误地知道自己最需要的是什么吗？

昨晚，在参加一次聚餐后，一位村干部酒后自白：人活着，短短几十年，说到底我们做着的只有两个字——吃喝。事情真的像他说的那样吗？人活着，难道就没有别的什么更需要的了吗？

我不觉想起二十世纪中期，美国心理学家马斯洛提出的需要层次理论。理论中，他把人的需要归为五类，排成阶梯状的层次，这五类需要以重要性和发生的先后顺序为依据，由低级需要向高级需要发展。这五类需要分别是：生理需要，譬如衣、食、住、行、医疗等；安全需要，譬如人身安全、劳动安全、职业保障等；社交需要，譬如希望得到友情、信任、归属感等；尊重需要，包括自尊和受人尊重，譬如独立、自由、自赏识、地位、声望等；自我实现的需要，包括个人对工作意义的理解，创造能力的发挥，表现个人的情感、思想、愿望，实现个人的抱负等。

在马斯洛看来，当某一级需要获得基本满足后，追求更高一级的需要就成为驱使行为的动力。只要人活着，就总会有欲望，有欲望就有需要，因此，人终其一生，都在追求各种不同的需要。而一旦需要不能满足，人就会感到痛苦，所以人的一生，总是与痛苦相伴。

这就有点接近叔本华的观点：工作、烦扰、苦役以及麻烦，都是所有人终其一生的命运。那么，假想一下，如果有一个人非常幸运地把所有需要都满足了呢，他（她）会怎么样？是否像童话故事一样，"从此幸福地生活下去"？如果真是这样，他（她）肯定会陷于无聊的痛苦。他（她）将因此失去生活目标，而有生命窒息的危险。"对人类来说，不存在比现在所占有的生存形式和阶段再合适的其他生存形式和阶段了。"叔本华终于悲哀地发出这样的叹息。

事实上，痛苦和幸福是人类的两种不同的感觉，它们就像是同一硬币的正反两面，任何一面的缺失，都意味着另一面的同时消亡。没有了痛苦，也就无所谓幸福。幸福只有在痛苦的映照下，才能熠熠生辉，让人观察到。

此时，我站在深夜的阳台上面对着无垠的夜空，在星光和风声中思考比吃喝更重要的是什么？是安全需要吗？是社交需要吗？是尊重需要吗？是自我实现的需要吗？这些需要似乎都是，但又似乎都不是。

突然，我看见夜空中一颗流星耀眼地从东南方划向西南方，其速度是超乎人想象的，一眨眼，它便消失得无影无踪。今夜，除了我，还有谁见到过这颗流星？在以后的漫长岁月里，我曾无数次问过周围的人——亲人、同事与朋友——他们的回答都惊人的一致：那夜，没有见到那颗迅速在我眼前划过的流星。有时我甚至怀疑，那颗流星是否是自己的一个梦。可那真是一个梦吗？忽然，一种想法像流星一样，迅速地在我的脑海中闪过：一个人活着，最需要的是爱！

爱是执着，执着于"烦恼即菩提"，执着于痛苦是幸福的基础，执着于蜣螂推粪球式的生活；爱是自强，是暗夜里的微弱烛光，在风中摇曳却永不熄灭；爱是自由，是最大限度的坦诚，是超越了语言的行动；爱是欣赏，欣赏高大参天的乔木，也欣赏细柔无力的小草，欣赏波涛汹涌的大海，也欣赏门前盒子一般的小小池塘；欣赏成就伟业的英雄，也欣赏在生死边缘默默挣扎的贫民乞丐。

最后，我用史铁生的一段话，作为本文的结尾："'爱'也是一个动词，处于永动之中，永远都在理想的位置，不可能有彻底圆满的一天。爱，永远是一种召唤，是一个问题。爱，是立于此岸的精神彼岸，从来不是以完成的状态消解此岸，而是以问题的方式驾临此岸。爱的问题存在与否，对于一个人、一个族、一个类，都是生死攸关，尤其是精神之生死的攸关。"

磨难是金

我的启蒙老师——也曾是我的同事——一年前退休了，当她笑着从校长手中拿过"光荣退休"的镜框时，人们都真诚地相信，她劳累了一辈子，这下总该安享晚年了。没想到，命运捉弄人。先是因甲状腺疾病住院开刀，现在是与她相依为命共度了几十个春秋的丈夫——老是笑口常开，和蔼可亲的模样——被确诊为肝癌晚期。许多同事，认识和不认识的村人，听到这些不幸的消息后，都不禁抹一把同情的泪。她的丈夫，做绸机生意，攒了点钱，本来她一退休，儿女都已长大成家，老两口可以舒舒服服地过一段快乐日子了。谁知，快乐还未开始，就被遽升的乌云残忍地吞噬了。

为什么，快乐的希望总是像阳光下七彩的肥皂泡，乍现即逝呢？劳累、困苦和磨难，总是如人的影子，紧紧地跟随在人的身边寸步不离呢？在同情、惋惜、悲叹之余，人们都不约而同地对人生重新进行了深入的思考，人们对人生又有了新的定位，不管对与错，别人的不幸，总会让人从中吸取经验教训。

"人，真是和一只蚂蚁一样，生命也是挺脆弱的。几天前还有说有笑，转眼就不行了。人呀，一点也不比别的动物强大。"有人这样说。

"做人虚得很，看开点算了。有的吃就吃，有的花就花，有的乐就乐，有的玩就玩。人生短短几十年，就像水面上的一个水泡，说没就没了。"有人那样说。

面对死神的威胁，人们全都没了往日的傲慢，在死神面前，人们找回了丢失的自己：哪怕尊为皇帝，贵为重臣，也始终无法超越死后的未知领域，在死神面前，只能还原成站在大地上的小小一民！

　　无独有偶，一位姓沈的中年男教师，每天早起晚归，做完学校的工作，还要回家干田地里的农活。一人带着两个孩子，还要照顾体弱多病的妻子。如此含辛茹苦二十几年，快接近五十岁时他被提拔为区教委副主任。就在人们庆幸他苦尽甘来时，他却被诊断为肝癌，而且是晚期。一个星期后，他就告别了给他辛酸也给他幸福的讲台，告别了最亲最爱的妻儿。

　　诸如此类的巧事一再发生，就不能不令人怀疑：这是否真的是巧事？这是否就是上苍给我们人类命运的一种安排？为什么，人们在劳累、困苦、磨难时能好好地活着，而等到快苦尽甘来，即将享乐时，却变得如此脆弱不堪呢？这是不是就是上苍在给我们人类某种深奥哲理的暗示？如果是，那又是在暗示什么？我想，这也许正是上苍在暗示我们：痛苦和磨难才是人生之路的真谛，人活着，就得挑着一幅担子，一头挂着责任，一头挂着磨难，担子一旦卸下——获得快乐——人类就将难以承受生命之轻！

　　在这一点上，某些神话早给了我们启示。西西弗斯滚动石头，拼命地把石头推上山顶，可刚到山顶又马上重新滚回山下，于是他又推石上山，然后又滚下去，又推上山……如此永无停歇。在每一次奋力推的过程中，他的心中充满了希望，充满了必胜的信念，吃力是吃力，但有了能推上山顶的希望，心中便觉得宁静祥和。每一次推上山顶，希望将变成现实时，希望立刻像魔术似的变成了彻底的失望。每一次失望后，他在山脚下，胸中又重新燃起希望之火，必胜的信念又回来了，宁静祥和和痛苦磨难同时回来了。于是他终于发现了上帝伟大的奥秘：磨难是一种财富，磨难是金，只有接受了磨难的经历所带来的痛苦，才能真正地享有快乐幸福！快乐幸福，不能离开痛苦的磨难而单独存在。没有磨难与痛苦，也就没有了希望和爱，没有了快乐和幸福，没有了坚定的信仰。

那么，无条件地接受磨难，是不是一种懦弱的表现，是不是就是无能的表现，是不是就是对生活的绝望，是不是就是对快乐幸福的背叛？不，完全不是。一旦你认清人生的真相——人生是在一条磨难之路上前行——而坦然地接受时，你已经具有了人生的最高境界：佛性。

我想，所谓的佛，并不是不食人间烟火的神仙，而是真正意义上的人——人生的觉者。佛的慈，就是佛对众人遭受磨难的怀有深切的同情和怜悯，而发愿渡人间的一切苦难；佛的悲，就是佛对人有深深的洞见，明了人不能离开痛苦的磨难，而独享幸福，因此才深感人生的悲壮，由悲而生爱、生慈。

磨难是金，磨难是佛的成因，也是一切文学艺术的成因。

局限

　　局限，就是范围、栅栏、铁锁……局限总是跟那些令人讨厌的名词连在一起，讨厌归讨厌，可它依然无处不在，充斥于整个世间。局限就像阳光下自己的影子。你走到哪它就跟到哪，始终与你保持着距离：不远又不近。即使你走到阴暗处，影子依然还在，只是你错误地以为自己终于把影子甩掉了，可别高兴得太早，你一走出阴暗角落，影子又呈现在你眼皮底下：离你不远也不近，还是那段距离！

　　鱼儿靠鳃呼吸，生活在水中，水是它的幸福之源，亦是它们的局限所在。鱼儿只能生活在水中，它们一刻也不能离开水，哪怕是须臾的离开，也会有生命的危险。水，是鱼儿的局限。

　　鸟儿有一对长满羽毛的翅膀，生活在空中，那自由自在的飞翔姿势，优美而潇洒，令人产生无限的向往和爱慕。鸟儿靠肺呼吸，无法进入水中生活，一旦掉进水中就会有被淹死的危险。空气，是鸟儿的局限。

　　青蛙，是两栖动物，既能在水中畅游，又能在岸上蹦跳。那么，它们是否就没有局限了呢？答案是否定的，青蛙不是恒温动物，每到冬天它们就得进行冬眠，这时也是它们生命最脆弱的时候，几乎丧失了一切保护自己的能力。冬眠，是青蛙的局限。

　　那么老虎，大象呢？它们也有局限，它们只能生活在原始的森林中，否则就会有遭到人类捕杀的噩运。"虎入平原被犬欺"，讲的就是这个道理。那么，作为万物之灵的人呢？也有局限吗？有，生活中，人类的局限也无处不在。

　　残疾人有局限。什么是残疾？残疾本身就是一种局限。盲人想看却看不到，聋人想听却听不见，腿残者想走却走不动。这局限是一种痛苦。健康的人呢？他们就没有局限了吗？也不见得。举个简单的例子：他们想飞却无法飞。有时候，他们比残疾人的局限更大，心灵感受到的痛苦比残疾人更甚！他们想观赏自己喜爱的风景，虽然眼睛视力有1.5，可偏有人不让他们观赏；他们想听自己喜爱的音乐，虽然双耳听力健全，可就是有人不让他们听；他们想走自己喜爱的路，虽然腿脚灵活，伸缩自如，可就是有人不让他们选择；他们想说自己心里的话，虽然声带都很正常，可就是有人不让他们说出自己的声音。

残疾人的局限是生理的局限，在某种程度上是造化弄人，怨不得任何人。健康人的局限是认识、心理、社会的局限，更多是人为造成的。克服人的局限，超越人的局限，正是一个人活着的神圣使命。"生命就是这样一个过程，一个不断超越自身局限的过程，这就是命运，任何人都一样，在这过程中我们遭遇痛苦、超越局限，从而感受幸福。"历史就是人类不断超越自身局限的过程，任何国家的历史都是这样，在这过程中，我们的文明遭遇挫折、超越局限，从而向上发展。

那么，造成健康的人受限制的最大原因是什么呢？

史铁生在《对话练习》一书中有这样一段话："人与人的差别大于人与猪的差别……老子说：知不知为上……若在天国的动物园，有一栏叫作人的生物展出，诸神会否送他们一个俗称呢？如果送，料必就是这'知不知'。"

我想，造成人类各种局限的，是人的思想偏见，而造成人思想偏见的，是"权力意志"。这种权力，不仅指世俗的权力，更重要的是指精神权力，即在精神上压倒、制服别人，从而取得控制、统治别人的权力。这种权力的欲望，是管理的欲望，是高人一等的欲望！正是这种权力欲望，造成了人们的思想偏见——各种主义、旗帜、真理的随风飘扬——从而在思想上给人构筑了一道道密不透风的墙，高耸入云，曲折蜿蜒。于是，人们只得俯首于地，像蚂蚁一样，在一条条无形且永固的深巷里走着，很多时候，绕了一圈又回到了原地，走不出那个迷宫陷阱，哪怕隔墙而立，也老死不相往来。

人的这种局限是不是永远无法克服？永远无法超越？这样想的话，未免太悲观，也不切实际。我想，人活着就是走在一条不断超越自我局限的路上，对一个人的一生来说，这条路没有起点，也没有终点。这就像火炬接力赛，每个人都是从别人手中接过火炬，然后跑完属于自己的那段人生，然后又交给后来者。虽然我们看不到路的尽头，但没有尽头并不意味着没有结局，就像数学上的极限一样，只要我们还在这条路上走，那么我们就在无限地接近于结果。

其实，创世神话早已给了我们这方面的启示：亚当、夏娃受蛇的引诱，吃了知识树上的果实，懂得了羞耻，知道了善恶，于是被罚出了伊甸园，人类社会才宣告开始。人们往往从中只注意到这是人类痛苦漂泊的开始，而忽略了这也正是人类快乐幸福的开端！这准确无误地告诉我们：人类的局限就在于——知识！

综观人类历史，哪一种学说不是标榜自己是最有真知识的？人类的知识确实是无穷的，永远在向最真无限地接近，就像牛顿的经典力学不适用于量子领域一样，昨天被认为"是"的知识，今天却成了"非"……人类要想超越自我的局限是多么不容易。这是一条多么坎坷的路啊！走在这一条路上的每一个人，都像那位滚动着巨大石头的西西弗斯，试图推上山顶，可刚到山顶又重新滚回山下，然后推上去，又滚下来，永无停歇。

局限，就像是套在脑袋上的那圈紧箍，要超越局限，还是得靠我们自己，拿出勇气来，去接受那九九八十一难的考验。如此，才有摘去紧箍的那一天。

哭

一

小女刚过周岁，特爱哭。白天哭，晚上亦哭；没人抱哭，有人抱亦哭；别人抱哭，爸妈抱亦哭；见了陌生人哭，见了熟人亦哭；饿了哭，吃饱了亦哭……直哭得我心烦意乱，精力无法集中，面对书看不进一个字，面对稿纸写不出一行文。

小女刚出生时，住在医院中的 308 号房。房中有六个小孩，这个哭停了，那个接着哭，好似接力赛似的，哭声此起彼伏，如一涌一涌的波浪，甚是可观。六个小孩中，小女哭得最响，哭的时间最长。开始，以为是妻子人瘦少奶吃不饱的缘故，谁知出院到家，奶水多得她吃不完，可她仍是大声地哭，长时间地哭。有时，我真以为小女身体上有啥不对劲的地方。跑去问医生，医生告知，婴儿哭是她的一种锻炼身体的方式，哭不要紧，只要一次不超过十分钟就算正常，无多大关系。

小女出生后还不满一月，一次溢奶，奶倒流入气管，阻塞了呼吸通道，一时小女呼吸全无，身体绵软，指甲发紫，一声不响。全家惊恐至极，猛力拍打，小女就是不出声。我父亲哭着对我说："看来是没用了。一声也不哭，哭出声来气管就通了，就没事了。可打她也不哭……"

原来，哭并不总是令人讨厌的。哭，有时有另一层更深的意义，哭，是生命的象征，是生命力的体现！

我与父亲火急火燎地送小女去医院，在医院名医的抢救下，小女

209

总算哭出了声。"哇——"只一声，就代表了一个新生命的存在！小女哭着，父亲亦哭着。一路上我骑摩托车带着父亲和小女的时候，我没哭，但此时，我的眼中反而噙满了泪水……

小女的哭，不再让人讨厌。空闲时间，偶尔听听小女的哭声，觉得倒像是在听钢琴曲一样，舒适而安宁。

二

哭与人生接缘。每个人都是在自己的哭声中诞生，又都是在别人的哭声中离去。人生起于哭，亦终于哭，犹如画了一个圆，从哭中来，亦从哭中去。这很有点中国禅的味道。

哭，是人与动物的区别之一，也是人类最真挚的感情的流露。有人说，猩猩也会流眼泪，鳄鱼也会流眼泪，我不认为它们是在哭，那更像是一种纯生理的现象。人的哭，是感情的流露，或恨或悲，或怒或愤，不一而足。哪怕是兴奋到极处，也是喜极而泣。

哭，是人类感情需要的自然表达。婴儿最爱哭，所以婴儿与自然也最接近。等孩童年龄渐长，逐渐懂事，哭的次数也越来越少，及至长大成人，哭更是难得一闻。因此，婴儿最接近自然，与自然融为一体，小孩次之，自然与非自然各占一半，成人则是近似站在了自然的对立面。

女人比男人更爱哭，一个聪明的女人，总能很好地利用自己的眼泪，办到自己力所不及的事。怪不得有人说，女人的眼泪是武器，能战胜刚强的英雄。反倒是"男人有泪不轻弹"，这无形中成了束缚男人感情的绳索。男人被历史的偏见逼在一个封闭的无情院落，他们成了被自然放逐的流浪儿，四顾茫然，找不到回家的路。相互的仇杀，使得他们迷失了方向，路已不在，家更虚无。

三

出乎意料的是，把哭的力量发挥得淋漓尽致的，不是女人，而是男人。女人的哭，最多使男人心软，得男人的心；而男人的哭，可得爱将，更可得天下。三国时的刘备，算是男人中最敢于哭、最善于哭的典型。

当赵云不顾性命，杀出曹军的重重包围，把背在身后的阿斗亲手交给刘备时，刘备接到手后"掷之于地"，哭着说："为汝这孺子，几损我一员大将。"这一哭，这一掷，充分体现了他对大将的爱惜之情，从而使大将们感激涕零，大有喜得明主之感，愿为他肝脑涂地。刘备听说诸葛亮是藏龙卧虎之辈，有安邦定国之才，便三顾茅庐，请其出山。诸葛亮婉言相拒，说自己乐于耕锄，懒于应世，不愿出山。刘备便大哭起来，"泪沾袍袖，衣襟尽湿"。这一哭，哭出了他的诚心，哭出了军师，哭出了三分天下。当刘备在白帝城染病不起，生命即将结束之际，对丞相诸葛亮托孤，哭着对他说："君才十倍曹丕，必能安邦定国，终定大事。若嗣子可辅，则辅之；如其不才，君可自为成都之王。"这一哭，又让诸葛亮死心塌地地辅佐"乐不思蜀"的刘禅。有什么比这一哭，更能激励诸葛亮对刘备的忠心呢？

怪不得历来都有人说，刘备得天下是靠他的哭功。其他皇帝都是在马背上得的天下，而唯独刘备是哭出来的。

自古崇尚"男儿有泪不轻弹"的中国，却出了一位靠哭得到天下的皇帝，这也实在太出格、太离谱了。世事就是这样矛盾、荒诞，在矛盾荒诞中又隐隐地透出一股强悍的生命力。中华民族之所以亘古不衰，历尽千年仍能屹立于世界民族之林，似乎全得力于这股看不见的强悍的生命力！这正是陷于四面楚歌的霸王项羽，流泪高唱"力拔山兮气盖世，时不利兮骓不逝，骓不逝兮可奈何，虞兮虞兮奈若何"的原因；这也正是宋朝的李清照在过乌江时，吟出"生当作人杰，死亦为鬼雄。至今思项羽，不肯过江东"这样的诗句的原因。

四

哭与艺术有缘，在某种程度上讲即是哭的艺术。这一点，《老残游记》的作者刘鹗说得最彻底明白："《离骚》为屈大夫之哭泣，《庄子》为蒙叟之哭泣，《史记》为太史公之哭泣，《草堂诗集》为杜工部之哭泣，李后主以词哭，八大山人以画哭，王实甫寄哭泣于《西厢》，曹雪芹寄哭泣于《红楼梦》。"

那么，为什么大多艺术皆是哭泣的艺术？

我想，之所以如此，是因为大多从事艺术的大艺术家都是郁郁不得志的，他们因了悟世间人生不如意事十之八九，因此对社会抱有极大的同情心。中国有句古话叫"诗穷而后工"，这工的代价就是"穷"！西方有格言："愤怒出诗人。"哭，既是愤怒的婉转表现，也是无奈的春秋笔法。

光耀千秋的大艺术家，一生仕途平坦的并不多，而绝大多数走着的是一条坎坷的人生之路。他们在生活中，没有流出一滴眼泪，他们留给世人的是坚强的背影。但是，他们的心，在流泪。这泪水化作了滔滔江水，化作了他们各自倾心的艺术作品。这就是为什么能欣赏艺术作品的人那么少的原因，这也是为什么能读懂的人会情不自禁地流下热泪的原因。

艺术，无疑是哭发展到极致的另一个方向！刘备发展的方向是世俗，沿着他走的路，带来的是富贵、帝皇、将相，是尘世的繁华，是物质的享受。艺术大师们发挥的方向是精神，沿着他们走的路，带来的是和平、安宁、幸福，是精神的和谐，是万物的融合。前者令世人羡慕，后者却使人景仰！

永恒的钟摆

　　闭上眼，在我脑中常常会出现一个清晰的意象——悠悠地荡过来荡过去的钟摆，我不知道，这意象蕴涵着什么象征意义，抑或只是纯粹的想象之物。

　　现代的钟表没有钟摆，取而代之的是急促走动的秒针，是那令人恐慌、孤寂的滴答声，是那令人烦恼的周而复始的匆忙。这颇合现代人的心境和脚步，试问现在谁不是为了生活而整日忙忙碌碌，东奔西走？钟摆是属于过去的岁月，清朝抑或更久远的时代，那悠悠的当当当的钟摆声，凝重、威严、古朴，有着古铜一样的颜色，穿越了狭长的时间隧道，呈现在我的眼前。钟摆，带有一种落日般的苍凉，横亘于我的心坎上，让我徘徊于诗意与现实之间。

　　在二十一世纪初的喧嚣尘世中，我不知道我为什么会无缘由地时常想起它。是不是那当当当的钟摆声中曾隐藏着一种深深的人生哲理？是不是那亘古不变的摆动中曾安坐过一种人们一度熟悉而今已变得陌生了的文明？抑或只是一种潜意识的幻想？

　　想起钟摆，总让我想起深山空谷中的幽兰，那淡淡的清香有摄人魂魄的魅力；想起钟摆，总让我想起林木葱郁、绿意掩映着的古刹寺庙，以及寺庙里袅袅的轻烟和铙钹的清音；想起钟摆，总让我想起"采菊东篱下，悠然见南山"的隐士高人，飘逸潇洒，仙风道骨，独领一番风流……

　　叔本华给我们讲过另一种钟摆——人生的钟摆。在叔本华看来，人类是被各种各样的欲望所充盈的怪物，人生就是为了追求欲望的满足。而欲壑难填，一种欲望满足了，又马上生出新的欲望，人类总是在欲望不得满足的痛苦中苦苦挣扎。快乐是什么？快乐就是苦尽甘来，就是欲望的暂时满足。满足之后呢？又会感到孤寂、空虚、厌倦和无聊。所以他说：人生，像钟摆一样，逡巡于痛苦和无聊之间。

我想，只要人类有欲望，那么这种钟摆式的结局是每个人必走的一条道路。一个人和一个人所不同的，只是钟摆摆动的快慢和幅度的大小不同而已。而人的伟大，就在于人能够主动地调节快慢和大小，甚至可以主动地让这钟摆停止摆动。世上所谓的幸运者，只是那种摆动速度极慢，摆动幅度又极大，几乎是停在中间的那种人。因为，中间才是快乐。而钟摆一刻也不肯停止，这就是为什么快乐总是转瞬即逝特别短暂的原因。最不幸的，是那种长时间停在痛苦一边，又没机会摆动的那种人。

停止摆动，就是死亡，死亡即意味着人生的终结。因此，选择自杀来停止钟摆的摆动，不是明智之举。智者的态度是学会了解，学会欣赏，学会宽容。因了解人生是在痛苦和无聊这样的暗夜中漫步，便学会用黑色的眼睛去发现黑夜中的星星之光，欣赏一路美的风景并宽容那些丑的风景的存在。这正如史铁生说的：过程！对，生命的意义就在于你能创造这过程的美好与精彩，生命的价值就在于你能够镇静而又激动地欣赏这过程的美丽与悲壮。人生，重要的不是快乐或痛苦的多少，重要的是你能否创造美好与精彩的过程，是否能欣赏过程的美丽与悲壮。

当拿破仑站在埃及金字塔塔顶时，问他的部下：

"你看到了什么？"

"我只看见黄沙。"部下老实地回答。

拿破仑却说："我看见的是人类四千年时间的历史！"

　　1993 年的夏天，我去北京旅游，当随导游来到景山，看到那棵槐树——据说曾吊死过明朝崇祯皇帝——我脑中立即浮现出一个清晰的形象：巨大的钟摆！那是一架历史的大钟摆，当当当地摆动于兴和亡之间。我想，拿破仑站在埃及金字塔塔顶看到的和我在北京景山的槐树旁看到的，是相同的东西！我们人类几千年的历史，也只不过是在机械式地左右摆动着。这样说，未免使人感到悲哀。但这就是事实，它不叫悲哀，而叫悲壮！

路

　　小时候，走出村庄的是一条弯弯窄窄的小路，小路是一条泥路，一到下雨天，就变得坑坑洼洼、泥泞不堪。背着黄书包走在两边盛开着油菜花的小路上，不知道这路是多么的窄小，只知道追着蜜蜂的翅儿跑。年龄渐长，小路浇上了水泥，仍是曲曲长长，但下雨天却避免了一脚泥泞。那个开心劲儿，仿佛是凯旋的将军。不久，小水泥路又变成了两米多宽的石子路，出村的人们，大多告别了原始的步行，骑上了两个轮子的自行车。叮铃铃的响声和人们的欢笑声在夕阳西下的路上时起时伏。现在，那条路又变宽了，成了一条两边种着水杉的宽阔的公路，笔直地通向村外的世界。自行车、三轮车、摩托车、轿车、货车、出租车……各种车辆在公路上来来往往，川流不息。

　　路，看似不动，却时刻在变，时刻在动。路，在不断地变宽、变长，村人的生活水平也不断地上升，由贫穷到温饱、小康……村人在不断地总结经验：小路小富，大路大富，无路不富。路，是一个村庄的经济生活水平的标志；路，是一个地方精神面貌的象征，是递给外界的一张名片。

　　鲁迅曾说过：地上本没有路，走的人多了，也便成了路。我想，先生讲的大概就是一个人的创业之路吧。就像第一个比喻女人是鲜花的，被人称为天才，第二个、第三个这样讲的是个常人。这世上的路，有千条万条，但一个人走过的路却只能是一条。如果你想欣赏到人生路上别人从没看到过的瑰丽美景，就得走一条独创之路。跟在别人的背后，顺着别人的脚步，你就只能欣赏到别人早已看到过的风景。当然，还有一种可能，如果你有一双独特的眼睛，能在两旁发现别人曾见过却忽视了的奇特风景，那你将是特别幸运的人。因为，开创一条别人没走过的路，远比顺着别人走过的路走要艰难得多。

到西天取经的路，谁也没有走过，因此当唐僧师徒走上取经之路时，磨难和困厄早已在前方等着他们了。历经九九八十一难，才得以顺利取经归来。他们为什么要走这一条布满荆棘和坎坷的取经之路呢？有谁逼着他们去吗？是为了成佛？为了取得正果？为了心的安宁吗？

在这人世间，又有谁没走过这一条路呢！当一个婴儿呱呱落地时，磨难和困苦早已在前方等着他们了。他们也得走过九九八十一难，才得以顺利走完人生之路，从哪里来回到哪里去。

人又为什么要走这一条充满风雨和霜雪的人生之路呢？有谁逼着他们吗？是为了立功？为了立德？为了立言？走不走这人生之路，并不由我们自己作主，因为我们降生时没有谁曾征询过我们的意见。但走怎样的一条人生之路，我们完全可以自己把握。都说"条条大路通罗马"，但要选出一条能欣赏到旖旎风光的路，却得用一生的智慧来寻找。

因为，走怎样的一条人生之路，是你生命的全部意义所在，是你生命的全部价值所在！你选择了蝴蝶之路，就有蝴蝶的归宿；你选择了春蚕之路，就有春蚕的结局；你选择了高山之路，就有了高山的结果；你选择了大海之路，就有大海的归宿！路，是你的选择，你在选择路时，即在选择自己的命运。你得对自己的选择负责，即使是你最亲的父母，总有一天你会发觉，他们也只是伴你走了一程而已。

路，只有自己选择的，才会觉得快乐，否则，即使再平坦，亦是痛苦！

衣服

蚕变成蛾之前，有一个阶段，不吃不喝，那就是蛹的阶段。蛹，是蚕一生中最脆弱的阶段，最无抵抗力的阶段，也是最易受到伤害的阶段。蚕，聪明地想到了一个保护自己的方法——吐丝作茧——让厚厚的茧壳包裹住自己，挡住外界的风雨以及可能的伤害。

人的衣服，就是人保护自己的茧。《圣经》上说，亚当和夏娃在伊甸园时，是赤身裸体，没有任何遮饰物的。那时候的人，强大、健康、坦然，不需要任何遮饰物的保护。受到了蛇的引诱吃了智慧果之后，人才需要遮饰物的掩盖。人自己做的茧——衣服——不是用来保护人的身体的，而是用来保护人的内心心灵的。到目前为止，我发现衣服最大的功用还是在保护人的内心上，而不是外在的身体。

人的身体是大自然最完美的创造物，手指、眉毛、眼睛、鼻子、胳膊……无不体现着震撼人心的美。对这人体美的欣赏，需要健全的心灵，任何不健康的猥琐的念头，都无法直接正视她。

从人穿上衣服的那一刻起，便开始了遮掩，开始了伪装，开始了做戏，开始了欺诈，开始了逃避，开始了失真。我们朝前望，见到的是各种各样的衣服，见不到活生生的人；我们转身朝后望，看到的仍然是五彩缤纷的衣服，看不到有血有肉、体形完美的人。

衣服，是穿在我们身上的墙，是蜗牛背在身上的能随处移动的房屋。我们行走在熙来攘往、川流不息的大街上，就像躲在潜艇中服兵役的艇员一样，用眼睛偷窥着经过的海域以及海域上空更广阔的空间。一发现异样，就产生兴奋或悲哀，把目标紧紧地锁在自己的枪口下。

　　蛹太弱了，才需要茧的保护；人的心灵太脆弱了，才需要衣服的呵护。什么时候，人的心灵能够真正强大起来，回归到人类在伊甸园中的生活，不是消极的回归，而是积极的超越，像蛹羽化成蝶一样。

风筝的遐想

　　不知是今年的春天来得早，还是孩子们盼春的心情更急切，正月刚过完，人们还穿着臃肿厚重的冬衣时，那些迎春的风筝已经三三两两地摇曳在空中了。孩子们憋了一冬的郁闷和无聊，好似融化的冰雪，又如决堤的洪水，一泻千里，转眼消逝得无影无踪。

　　星期天，我陪着妻子去医院换药。在半路上，我见到一只风筝孤零零地飘荡在空中。那是一只彩色的蝴蝶风筝，是时下店里出售的那种蜡纸做的普通的风筝，而不是像我小时候自己用竹片和纸做的瓦片风筝。是的，孩子们手中拿着的，都是那种店里出售的廉价的蜡纸风筝。我见到不远处的田埂上，站着四五个小孩，他们手中都拿着一只风筝，正准备和空中的那只比个高低呢！空中的那只风筝像夜晚的烟火一样，时而窜高，时而俯低，时而左旋，时而右转，闪烁个不停。可不管怎样，它始终遥遥领先，仿佛一只领头的大雁，其他的风筝都在它身后，亦步亦趋，却都拼命挣扎着，向上向上，仿佛一颗颗不屈的灵魂，总想后来居上，创下不朽的奇迹，令仰望的眼睛惊异。突然，一阵急风袭来，那只最高的风筝一个跟头倒栽下来，急速地下降，人们发出了惊呼声。很快地，有别的风筝超过了它，当它再度找回平衡，一眨眼间，领先者与居后者换了个个儿，天空还是那个天空，田地还是那片田地，人还是那些人，在这儿，命运瞬息万变。

　　风筝们还在天空——它们自己的舞台——上演着属于它们的喜怒哀乐，我却默默地离开了，我还有事要做，我不能长时间地驻足观望，戏总有落幕的一刻，即使戏演不完，也有观众走开的时候，我人是离开了，可心却被风筝带走了，带向那浩渺无边的苍穹……

据说风筝是中国人发明的。我想，第一个发明风筝的人真是伟大——他是一切飞行器的开山鼻祖。发明飞机不稀奇，发明火箭也属平常，甚至发明宇宙飞船也没啥了不起，因为这所有的发明，都已有了一个雏形——风筝，可供参考模仿。发明风筝的人是第一个渴望飞翔的人，他才是真正的英雄，人类中的佼佼者！如果说劳动创造了原始人的手，使人直立行走，那么正是他，创造了梦想，把人类从现实的物质土地带向精神高空，使人第一次站在精神的高度俯视自己的足迹，回首自己的言行。也就是从那一刻起，自我超越、向往自由的真正的人类诞生了。而在此之前，人类懵懂无知，和地球上其他的千万种动物一样，生也糊涂，死也糊涂。

自从风筝被发明以后，人就必须在现实与梦想之间，作出自己的选择。现实相对于梦想来说，总是残酷的，残缺的，一如土地，有时也会带给人们洪灾、旱灾和饥饿、苦难。而飞的舞姿是那样优美轻盈，飞的感觉是那样幸福快乐，飞的形象是那样自由潇洒。想飞，成为人们心中的一个永恒情结。

那么，飞向何方呢？伊甸园，是西方人给出的答案。西方极乐世界，是东方人给出的答案。但不管是东方人还是西方人，给出的答案都相当的完满：另一个世界中，到处呈现一派金碧辉煌、欣欣向荣的繁华景象，没有饥饿，没有寒冷，没有压迫，没有欺侮，那里到处是鸟语花香，莺歌燕舞。

我深信：伊甸园和西方极乐世界，一定是在风筝产生之后才诞生的。而风筝，正是通向伊甸园和西方极乐世界的一条捷径。现实的世界，滚滚红尘中的生活，不如意事十之八九，疾病、战争、误解和天灾，使人们常在恐慌与痛苦中煎熬，是风筝激起了人们的向往，是风筝让人们见到了创造一个更完美世界的可能！

其实，风筝也只是人世的象征而已。它并没有获得真正飞的自由。你看风筝在空中飞得多么自由，多么轻松洒脱。可这只是它飞的一个外在表象。不管风筝飞得多高多远，它都被一根细细的线牵引着，束缚着——它受羁绊禁锢的痛苦一点也不比站在地上的我们少，反而会更多！因为它已不是站在平地上的庸者——看不到自己井底之蛙的不幸的处境，而是站在高空的飞翔者——它看到了自己被限制的命运，却一心想飞得更高更远！

风筝的痛苦，是天才式的痛苦。知道自己该向何处去，知道自己该向何处用力，可却怎么也摆脱不了那根束缚。风筝要飞得更高，飞得更远，那根线就得更长更牢，否则，一旦脱线而去，风筝就有陷落污泥沼泽的噩运——那是比有线牵着还要不幸千万倍！风筝的痛苦，是绝望者的痛苦。看透了世间万物皆是一场空，可还是要飞啊！飞，是风筝存在的全部理由。风筝的痛苦，是无奈。在这一点上，风筝与漂泊在异国他乡的游子十分相像，各种各样的理由让他们不能回家，却不能不想家！风筝，让远方的游子想起家的温暖，想起儿时的同伴，想起村口的那棵老槐树，想起屋后的那口古井……不知何时，热泪已夺眶而出，沾湿了衣襟，双脚还是站在异地的土地上，就像一棵树的根，一动不动。游子不是随波逐流的浮萍，而是在风中飘飞的风筝——那是一种近乎痴的爱，一种近乎痴的执着，一种近乎痴的信仰！

对生活的思考

生活问题

"作家应该经常到生活中去。文学创作，最重要的是得有生活。没有生活是写不出好作品的。"经常能听到这样的话。电视、报纸的报道中，也经常能看到某某作家深入生活，写出了一大批高质量的作品等等。听得多了，看得多了，给人的感觉仿佛是：有些生活叫"有生活"。有些生活叫"没有生活"。我很困惑：一个人写不出好作品，是否就是因为"没有生活"的缘故？那么，他的这种生活，正好是属于那种叫"没有生活"的生活吗？那些写出好作品的作家，正好生活在"有生活"的生活中吗？

我一直困惑于这个生活的问题。直到有一天，读到史铁生的《对话练习》，我才有种拨开乌云见日月的感悟。史铁生在书中这样说："无所用心地生活即所谓'没有生活'……各种各样的生活都可能是'有生活'，也都可能是'没有生活'……任何生活中都包含着深意和深情。任何生活中都埋藏着好作品。任何时间和地点，都可能出现好作家。"

由史铁生的话，我终于明白：原来生活到处都是，到处都有，到处都一样。各种各样的生活，都是平等的，没有"有生活"和"没有生活"之分别，要说有分别，那只不过是你有没有用心而已。

我终于坦然，我不用怀疑自己生活的价值，再不用到处去寻找"有生活"的生活，再不用逃避现在的这种生活。我要做的和思考的，是怎样用心生活。只要用心生活，任何生活都会出好作品！

生活的局限

在生活中，我们能做的不是选择生活——因为生活更多时候是不容你选择的，正如你的出生不容你选择一样——而是用心生活，发掘自己生活中的真、善、美。若你在黄山，你就别羡慕桑树的美，你就立足岩石，努力使自己长成一棵迎客松，供游人观赏；若你在平原上，你就别向往迎客松的美，你就立足于黄土地，努力使自己长成一棵桑树，供农人养活更多的蚕。

我在读到刘亮程的《风中的院门》时，更加坚定了自己的想法。刘亮程说："对于黄沙梁，我或许看不深也看不透彻，我的一生局限了我，久居乡野的孤陋生活又局限了我的一生。可是谁又不受局限呢？……我全部的学识就是我对一个村庄的见识。我在黄沙梁出生，花几十年岁月长成大人，最终老死在这个村庄里。……当这个村庄局限我的一生时，小小的地球正在局限着整个人类。"他又说："村庄是我进入世界的第一站……我们用一生的时间在心中构筑自己的村庄……生活本身的偏僻远近，单调丰富，落后繁荣，并不能直接决定一个人内心的富饶与贫瘠、深刻与浅薄、博大与小气。……一种生活过去后，记忆选择了这些而没选择那些，这可能是一个人与另一个人的根本区别。人确实无法选择生活，却可以选择记忆。是我们选择的记忆决定了全部的生命与写作……"

生活的局限无处不在。那么，我所做的，就应该是从自己的生活中，"选择记忆"，努力"构筑自己的村庄"。在谭家湾村，如果我是一棵桑树，那就做桑地里最茂盛的那一棵；如果我是一棵榆树，那就做我家屋后最高大的那一棵；如果我是一棵水杉，那就做村东头大路上最挺拔的那一棵；如果我是一朵花儿，那就做田野里开得最艳丽的那朵不知名的淡蓝色野草花；如果我是一只小鸟，那就做在清晨的枝头歌唱得最婉转动听的那一只……

后 记

　　这本散文集，早写好了，但一直找不到出版机会，在书桌的抽屉里一放就是好多年。这么一放，世事如烟，白云苍狗，许许多多的事在我们的脚下发生了。生我养我的家乡，是一个叫作"谭家湾"的江南水乡，在近年轰轰烈烈的新农村建设中，被拆迁得无影无踪了。这是出乎我意料的，我生活了几十年的小村，怎么说没就没了呢，怎叫一个伤心了得！

　　史铁生曾以他知青下放的经历，写了一篇短篇小说《我的遥远的清平湾》，就这样，这个村庄因知青作家对陕北这个仅有百十口人的农村生活的真情描述而出名了，为几代读者所熟悉，所着迷。史铁生在2010年逝世后，有人以《永远的清平湾》为题，写下了对史铁生的深深怀念。清平湾于史铁生，是刻骨铭心的一段记忆，虽然他只在那生活了短短的几年。而谭家湾于我，四十年的光阴，更是一段刻骨铭心的记忆。

　　谭家湾这样的小地方，在我们的世界地图上——不，不要说世界地图了，就算是中国地图，亦是找不到这地名的。而相对于地球的存在历史来说，一个人的一生，实在是太短暂了，更别说这区区的四十年了。对于我来说，谭家湾就是我生命的全部，就是我记忆的全部，就是我爱与恨的全部。谭家湾，一直是我生于斯长于斯的地方，角角落落，都留有我的脚印和余味。

　　我一直生活在谭家湾，但就是在这里的日日夜夜，我蓦然发现，我的故乡离我越来越远了。作为一个具体的村庄，谭家湾被拆迁掉了，已经消失不在了，但我对整个谭家湾村的记忆，我鲜活的青春，却一次次出现在梦中，谭家湾，因了我的记忆，因了我鲜活的青春，而成了我心中"永远的谭家湾"。

2020 年 9 月 1 日于笑笑居速朽斋